Cornelia Franz

Seeräuber vor Sylt!

Ein Abenteuer aus der Welt der Nordseepiraten

dtv junior
Tigerauge

Schau mit dem Auge des Tigers!

Sei wachsam und mutig, denn auf Dich warten große Abenteuer. Tauch ein in die Welt der Ritter! Du bist dabei, wenn Mammuts gejagt werden! Du erlebst, wie ein Schatz aus der Tiefe des Meeres gehoben wird! Sei neugierig auf die Welt und entdecke ihre Geheimnisse in spannenden Geschichten. Willst Du noch mehr erfahren? Dann schau genau hin: In den vielen Bildern steckt eine Menge Wissen zu Deinen Lieblingsthemen. dtv junior Tigerauge – das sind Bücher für Kinder mit Durchblick.

Cornelia Franz, geboren 1956 in Hamburg, studierte Germanistik und Amerikanistik, machte eine Ausbildung als Verlagsbuchhändlerin und arbeitete als Lektorin. Heute schreibt sie Kinder- und Jugendbücher sowie Reiseführer. Cornelia Franz lebt mit ihrer Familie in Hamburg.
Weitere Bücher von Cornelia Franz bei dtv junior: siehe S. 6

Thilo Krapp wurde 1975 in Herdecke geboren und wuchs in Hagen auf. An der Universität Wuppertal studierte er Kommunikationsdesign bei Wolf Erlbruch und arbeitet inzwischen für zahlreiche Verlage. Sein ›Schnurrbartkitzelkatzenbuch‹ wurde 2007 mit dem Bilderbuchpreis der Stadt Wien ausgezeichnet.

Cornelia Franz

Seeräuber vor Sylt!

Ein Abenteuer aus der Welt der Nordseepiraten

Mit Illustrationen
von Thilo Krapp

Deutscher Taschenbuch Verlag

Bei dtv junior sind von Cornelia Franz außerdem lieferbar:
Die Kinder vom Drachental
Geheimnisse
Piraten im Klassenzimmer!
Verrat
Das Geheimnis des Roten Ritters. Ein Abenteuer aus dem Mittelalter

Zur Reihe Tigerauge gibt es ein Unterrichtsmodell unter www.dtv.de/lehrer zum kostenlosen Download.

Das Hörbuch zu ›Seeräuber vor Sylt!‹, gelesen von Christoph M. Ohrt, ist bei argon hörbuch erschienen.

Weitere Abenteuer aus der Reihe ›dtv junior Tigerauge‹ unter www.dtv.tigerauge.de

Ungekürzte Ausgabe
2010 Deutscher Taschenbuch Verlag GmbH & Co. KG, München

Umschlagkonzept: Ralph Bittner
Umschlagbild: Thilo Krapp
Lektorat: Tanja Poestges
Herstellung: Stephanie Lütje
Gesetzt aus der Caslon 12,5/16
Satz: Greiner & Reichel, Köln
Druck und Bindung: Druckerei C. H. Beck, Nördlingen
Gedruckt auf säurefreiem, chlorfrei gebleichtem Papier
Printed in Germany · ISBN 978-3-423-76012-6

Inhalt

Sturm über Sylt

»Broder, Broder! Es soll Sturm aufkommen!« Jaike rannte so schnell, dass sie auf dem Sandweg fast ihre Holzschuhe verlor. Die ersten dicken Regentropfen hatten den Strand schon dunkel gefärbt und der Wind fegte über die Bucht von Rantum.

Broder drehte sich um und streckte den Rücken, der ihm vom langen Hocken auf dem Boden schmerzte. Fast zwei Stunden saß er nun schon hier und half dem alten Pidder beim Ausbessern seiner Fischernetze. Die Finger hatte er sich dabei blutig gerissen. Aber noch hatte er seinen Lohn nicht bekommen, der aus einem Eimer Heringen bestand. Und so arbeitete er weiter und hob nur kurz den Kopf mit den verfilzten blonden Haaren.

»He, Jaike«, antwortete er und nickte dem Mädchen freundlich zu.

Sie kniete neben ihm nieder. »Es soll heftiger Sturm aufkommen, verstehst du?«, wiederholte sie. Ihre Stimme klang verschwörerisch.

Prüfend schaute Broder über das Watt gen Osten,

wo sich der Himmel wie ein graues Tuch zum Horizont spannte. Keine Wolke war zu sehen. Aber Broder wusste, dass Jaike sich nicht irrte. Wer am Meer aufgewachsen war, der konnte den Sturm wittern wie ein Reh den Fuchs, der sich anschleicht. Als er den Kopf in die andere Richtung drehte, sah er die fast schwarze Wolkenmasse, die sich vom offenen Meer auf die Insel zuschob.

Jaike legte ihm die Hand auf den Arm. »Komm schon«, drängte sie. »Der Wind dreht auf. Wir müssen uns beeilen.«

Broder warf einen Blick zu Pidder hinüber. Der friemelte mit seinen knorrigen Fingern die Knoten in den Netzen so flink auf, dass es aussah, als würden sie sich von selbst entwirren. Trotzdem hatte er genau mitbekommen, was das Mädchen von Broder wollte.

»Dübel ouk, was heckt ihr zwei Teufelsbraten wieder aus?«, brummte er. Dann stieß er mit dem Fuß gegen den Heringseimer, der neben ihm stand. »Nun geh schon, Junge. Aber passt auf, dass euch der Strandvogt nicht erwischt.«

Broder sprang auf und griff nach dem Eimer. Schnell weg, ehe Pidder es sich anders überlegte. Er stapfte hinter Jaike her, die mit langen Schritten vorauseilte. Sie wollte am Dorf vorbei zur Westseite der Insel, das war klar.

»Warte doch«, rief er. »Wir haben noch jede Menge Zeit. Nur weil der Wind ein bisschen pustet, rennst du gleich los wie ein kopfloses Huhn.«

Ohne auf Jaikes Protest zu achten, drehte er in Richtung der Katen ab, die den Dorfrand säumten. Sehnsüchtig betrachtete er den Eimer mit den dicken glänzenden Heringen. Jetzt ein Feuerchen machen und einen der Fische knusprig braten … Broder hatte am Morgen nur ein Stück Brot gegessen. Der Gedanke an ein warmes Essen machte ihn fast schwindlig.

Aber Jaike hatte recht. Bei so einem Unwetter, wie es sich da im Westen zusammenbraute, konnte ihnen ein weitaus dickerer Fisch ins Netz gehen. Vielleicht sogar ein goldener!

Er stellte den Eimer neben die lehmverputzte Kate von Jaikes Mutter, in der er seit einigen Monaten schlief. Dann rannte er hinter seiner Freundin her.

Mit seinen elf Jahren hatte Broder schon in vielen der schäbigen Hütten im Dorf gewohnt. Für ein paar Wochen kam er hier unter, für ein paar Monate da. Die Rantumer Fischer, Torfstecher und Salzsieder hatten ihn aufgenommen wie eine streunende Katze.

Broder war erst sechs Jahre alt gewesen, als sein Vater nach einer stürmischen Nacht nicht vom Fischen zurückkam. Seine Mutter hatte er nie gekannt. Sie war bei seiner Geburt gestorben. Auch das hatte sich in einer sturmgepeitschten Nacht zugetragen, in der der Regen waagerecht über die Insel fegte.

Und trotzdem liebte Broder den Sturm und den Regen. Wenn der Himmel blau war und die Sonne das Meer glitzern ließ, dann schaute er oft verloren auf die See hinaus. Vielleicht passte sein hartes Leben, das aus fast nichts anderem als Arbeit bestand, nicht zu so einer leuchtend hellen Welt. Aber das Düstere und Wilde der Herbststürme weckte alle Lebensgeister in ihm. Wenn er dann Seite an Seite mit den Fischern die Boote an Land zog, jubelte er manchmal laut. »De lüdde Broder spinnt«, sagten die Männer dann und lachten gutmütig.

Alle im Dorf mochten den kräftigen Waisenjungen, vor allem, weil er gut mit anpacken konnte. Wo immer es etwas zu tun gab, beim Torfstechen, Salzsieden oder Fischen, ackerte er von früh bis spät, bis ihm die Knie weich wurden und er die Arme vor Schmerzen nicht mehr heben konnte.

Als Broder jetzt hinter Jaike her über die Insel jagte, stieg ihm der brenzlige Geruch der Torffeuer in die Nase, der sich über ganz Sylt breitzumachen schien. In Rantum beschwerte sich niemand über den Gestank. Die Menschen verdienten mehr mit dem Torf und dem Salz als mit den Fischen, die sie aus dem Meer holten.

Aber Broder war froh, dass der Sturm den stinkenden Rauch wegfegte. Frisch und kühl war die Luft. Voller Übermut lief er dem Unwetter und der Brandung entgegen und sang lauthals alte Friesenlieder gegen den Wind. Dies war genau das Wetter, das ihnen vielleicht Glück bringen würde!

Wie kommt das Salz aus dem Meer?

Salz war viele Jahrhunderte lang auf den nordfriesischen Inseln eine kostbare Handelsware. Um an das Salz zu kommen, mussten die Menschen zunächst einmal den salzhaltigen Torf abbauen, der unter dem Schlick und Sand an der Küste lag. Der Torf wurde verbrannt, die Asche wieder mit Salzwasser vermischt und so lange ausgekocht und wieder eingedampft, bis nur noch das Meersalz übrig blieb – eine harte Arbeit, die vor allem von Frauen, alten Männern und Kindern gemacht wurde, während die Männer zur See fuhren.

Die Schatzkiste

Außer Atem ließen sich Jaike und Broder in den nassen Sand fallen. Sie drückten sich bäuchlings gegen die Düne und schauten über die Kuppe hinaus auf die See.

»Genau so muss es sein«, sagte Jaike und wischte sich den Schweiß mit dem Ärmel ihres Leinenkleides von der Stirn. »Sturm und trotzdem Ebbe. Da kann man den Sandbänken kaum ausweichen. Selbst wenn man weiß, wo sie sind.«

Broder kicherte. »Und die fremden Kapitäne, die kennen sich ganz und gar nicht aus. Sagt Pidder jedenfalls.«

»Klar kennen die sich nicht aus. Das weiß jeder im Dorf. Die sind ja aus Venedig!« Jaike klang naseweis, obwohl sie keine Ahnung hatte, wo dieses Venedig lag. Aber immerhin hatte sie über die Handelsschiffe, die aus dem fernen Land kamen, schon eine ganze Menge gehört. Es hieß, sie wären randvoll mit Kostbarkeiten beladen: mit Seide und Elfenbein, Parfüm und Juwelen. Manche fuhren bis nach

Schweden hoch – aber falls man Glück hatte, kamen sie nicht so weit.

Jaike beobachtete die grauen Wellen. Wenn sich das Meer bei Ebbe zurückzog, dann ragten die Sandbänke als schmale, helle Inseln aus dem Wasser. Aber bei so einem Seegang, wie er jetzt herrschte, war es fast unmöglich, die tückischen Untiefen vorauszuahnen.

Broder kniff die Augen zusammen. »Kein Schiff zu sehen«, murmelte er. »Kein Mast weit und breit.« Enttäuscht rollte er sich auf den Rücken. Er ließ sich die Regentropfen ins Gesicht pladdern. Seine wollene Jacke und die Hose waren durchnässt, aber das störte ihn nicht. Schlimmer war der Hunger, der ihn jetzt wieder packte. Unwillkürlich drückte er sich die flache Hand auf den Magen.

»Hätt ich dich mal deinen Fisch braten lassen«, sagte Jaike mitleidig. Sie kannte diese Geste bei Broder und wusste, was sie bedeutete.

»War schon richtig so«, antwortete er. »Wenn wir abwarten, bis sich der Sturm verzogen hat, ist der Strandvogt vor uns da. Aber wenn es so schüttet wie jetzt, lässt der sich nicht blicken.«

Grimmig ballte Jaike die Faust. »Ich hab so gehofft, dass diesmal eins der dicken Schiffe auf Grund läuft«, murmelte sie. »Der Pfarrer hat am Sonntag den Strand gesegnet, damit endlich mal ein richtiger Sturm aufkommt. Wenn Gott mit uns ist, dann muss er uns doch mal einen ordentlichen Pott schicken. Beim letzten Sturm hab ich nichts als ein paar Planken aus dem Wasser gefischt. Die sind schon längst im Herdfeuer gelandet.«

Broder lachte. »Vielleicht ist Gott ja mit den Venedigern – so stinkereich, wie die sind, kann man das schon glauben.«

»Venezianer heißt das, du …!« Jaike brach ab. Sie packte Broder beim Arm. Mit der anderen Hand zeigte sie in Richtung Meer. »Sieh nur! Da hinten auf Tades Eiland!«

Tades Eiland war eine der großen Sandbänke, die man bei Ebbe tatsächlich für eine Insel halten konnte. Sie hatte ihren Namen nach dem Einsiedler Tade bekommen, der von Hamburg nach Sylt gekommen war, um die Einsamkeit zu suchen. Als er die Sandbank sah, wollte er ausgerechnet dort seine Hütte bauen. Dum und dwylsinnich sei er gewesen, erzählten sich die alten Leute in Rantum, komplett verrückt. So verrückt, dass er gegen jede Warnung bei Ebbe rausgerudert war, um sich dort eine hölzerne Bude zu zimmern. Und so war er noch am selben

Tag, als die Flut kam, mitsamt seinen Brettern in den Wellen verschwunden.

Broder folgte Jaikes Blick. Jetzt entdeckte auch er, was sie meinte. Irgendetwas hatte sich dort in den Sand gegraben. Immer wenn sich die Wellen für einen Moment zurückzogen, war es zu sehen. Dort, auf Tades Eiland, war etwas gestrandet!

In der nächsten Sekunde sprang Broder auf die Füße. »Schnell, das Boot!« Und schon rannte er die Düne hinunter zum Strand, wo mit Steinen beschwert das Ruderboot des ollen Pidder lag. Noch im Sommer war der Alte damit selbst rausgefahren, um Strandgut abzufischen. Aber seitdem hatte ihn das Reißen in den Knien so sehr gepackt, dass er nur noch im Trocknen blieb und Fischernetze entwirrte. Ab und zu, wenn das warme Wetter seinen müden Knochen guttat, humpelte er den Strand entlang und suchte nach Dingen, die die Wellen an Land gespült hatten. Einmal hatte er mit seinem Stock eine Hose aus dem flachen Wasser geangelt. Und in der Hosentasche einen Goldtaler gefunden. Tatsächlich! Aber den hatte er dem Strandvogt geben müssen. Denn Weglaufen war beim ollen Pidder natürlich nicht mehr drin gewesen.

Nun lag das Boot also nutzlos am Strand und wartete nur darauf, dass es endlich mal wieder raus aufs Meer konnte. Wenn wir was finden, kriegt Pidder was ab, dachte Broder, während er die Steine aus dem Boot warf. Der hat's nötiger als der reiche Strandvogt.

Der Strandvogt wohnte in Rantum in einem richtigen Steinhaus. Er hatte spitze Schuhe und einen weiten Mantel und er war so dick, dass er bestimmt keine Ahnung davon hatte, was Hunger bedeutete. Zum Glück war er das! So einem Plumpssack wie ihm, dem konnte man immer entwischen, wenn es sein musste.

Gemeinsam mit Jaike schob Broder das Boot über den Strand. Und wenig später tanzte es über die mannshohen Wellen in Richtung Sandbank. Jedes der Kinder hatte eines der hölzernen Ruder gepackt und zog es mit aller Kraft durchs Wasser.

Jetzt waren sie nahe genug an Tades Eiland, um zu sehen, auf was sie da zusteuerten. Jaike richtete sich auf.

»Eine Kiste! Eine richtige Schatzkiste!«, schrie sie.

Broder sprang schon aus dem Wasser, noch bevor das Boot über den Sand schürfte.

Und dann standen sie Seite an Seite vor der riesigen hölzernen Truhe. Fast unheimlich war ihnen zumute, als sie mit den Fingern über das schöne Eichenholz strichen.

»Junge, Junge«, murmelte Broder. »Von so was hab ich immer geträumt.«

Die Truhe war mit Eisenbeschlägen versehen, aber sie war nicht verschlossen. Jaike und Broder schauten sich wortlos an. Dann packten sie den schweren Deckel und hievten ihn hoch.

Jaike war die Erste, die ihre Sprache wiederfand. »Herr im Himmel«, murmelte sie, bevor sie in die Truhe griff, um all die Kostbarkeiten Stück für Stück in die Hand zu nehmen.

Feinste Stoffe aus Seide zog sie hervor, klitschnass, aber trotzdem wunderschön. Da waren ein blitzender Dolch mit einem Griff aus Elfenbein, ein ledernes Säckchen voll mit goldenen Talern und ein in glänzendes Ebenholz gefasster Spiegel. Ein Traum war das, ein Wunder, ein wahres Gottesgeschenk …

Ehrfürchtig befühlten die Kinder diese Schätze. Sie spürten den Sturm und die Kälte nicht. Und sogar Broders nagender Hunger war wie weggepustet. Noch nie hatten sie solch kostbare Dinge gesehen.

Doch dann schaute Broder auf und er sah etwas ganz anderes. Etwas, das blanke Wut in ihm aufwallen ließ.

Was hat es mit Ebbe und Flut auf sich?

Für die Menschen an der Nordsee ist es alltäglich: Nach rund sechs Stunden Ebbe, in denen sich das Meer zurückzieht, gibt es sechs Stunden Flut, bei der das Wasser wiederkommt. Das nennt man Gezeiten – und es gibt zwei mächtige Kräfte, die das verursachen: Erstens zieht der Mond das Wasser an. Und zweitens entsteht durch die Drehung der Erde eine Fliehkraft, durch die das Wasser von der Erde »weggeschleudert« wird.

MOND
ERDE
EBBE
ANSTIEG DER WASSERTIEFE AN KÜSTEN: BIS ZU 2 METER
FLUT

Ein Loch auf Tades Eiland

Broder ließ den Deckel der Truhe zufallen. »Verdammig!«, fluchte er. »Der Strandvogt!«

Jetzt erst bemerkte er, dass der Regen nachgelassen hatte. Natürlich! Genau, wie er es vorausgesagt hatte, tauchte der dicke Strandvogt in dem Moment auf, wo das gröbste Unwetter vorbei war.

Jaike wischte sich die nassen Strähnen aus dem Gesicht. »Ich will nicht alles an ihn abgeben«, murrte sie. »Ich will es einfach nicht!« Entschlossen kreuzte sie die Arme vor der Brust und starrte zu dem Vogt hinüber, der mit zwei anderen Männern am Meeressaum stand.

Einer der drei rief ihnen etwas zu, aber das war natürlich nicht zu verstehen, so weit, wie sie vom Ufer entfernt waren.

Grimmig zerrte Jaike an der Truhe. Doch sie bewegte sich keinen Fußbreit.

»Vergiss es«, sagte Broder. »Auch wenn der Vogt nicht da wäre, würden wir die Kiste nicht behalten können. Wir kriegen sie nie im Leben von der Sandbank runter. In ein paar Stunden ist Flut und dann wird sie weggespült.«

»Ja, aber vielleicht zum Strand hin«, meinte Jaike trotzig.

»Klar«, sagte Broder. »Und dann dem Dicken direkt in die Arme. Aber so lange wartet der nicht. Sieh nur!« Er nickte mit dem Kinn in Richtung Strand.

Dort waren die Männer des Vogts damit beschäftigt, ein größeres Ruderboot über den nassen Sand zu schieben. Sogar der Vogt packte mit an.

Jaike riss die Truhe auf. »Eher schmeiß ich alles ins Wasser, als dass der Vogt es kriegt, dieser hundsgemeine Kerl. Er hat uns noch nie unseren Anteil gegeben, wenn wir was gefunden haben. Er bricht das Gesetz und wir sollen uns daran halten.« Sie fing an, die Seide hervorzuzerren, und warf ein Bündel im hohen Bogen ins Meer.

Doch da packte Broder ihren Arm. »Warte!«, rief er. »Wir kriegen schrecklichen Ärger.« Er wollte den Arm um Jaikes Schultern legen und sie trösten. In diesem Moment kam ihm eine Idee.

»Jaike«, flüsterte er. »Wir werfen es nicht weg … Wir vergraben es.«

Mit wenigen Worten erklärte er ihr seinen Plan. Eine halbe Minute später ging es los: Sie schabten mit dem Dolch ein Loch in den nassen Sand von Tades Eiland. Tiefer und tiefer bohrten sie und gruben dann hastig mit den Händen weiter. So tief wurde das Loch, dass es auch bei Flut nicht unterspült werden würde.

»Schnell«, meinte Jaike. »Die Männer kommen näher.«

Broder schaute hoch. »Aber sie können nicht sehen, was wir machen«, sagte er und grinste. »Die Truhe und der Deckel versperren ihnen die Sicht.«

Er griff in die Truhe, holte das Säckchen mit den Goldtalern heraus und ließ es in das frisch gebuddelte Loch fallen. Jaike legte den Spiegel obenauf und zum Schluss noch den Dolch. Dann schoben sie mit Händen und Füßen den Sand wieder in das Loch.

»So ein Elend«, schimpfte Broder. »Jeder Blindfisch sieht, dass wir hier gegraben haben.«

Jaike lachte. »Aber nicht mehr lange. In ein paar Minuten sind die ersten Wellen da. Die Flut kommt und wird alle Spuren verwischen.«

»Ja, die Flut«, brummte Broder. »Und die Männer des Strandvogts. Lass uns zusehen, dass wir an Land rudern.«

Sie liefen hinüber zu der Stelle, wo sie das Boot auf den Sand gezogen hatten. Es trieb bereits mit dem Heck im auflaufenden Wasser. Noch einmal sahen sie zurück, um sich die Stelle zu merken, an der sie ihren Schatz vergraben hatten. Würden sie ihn jemals wiederfinden? Auf Tades Eiland sah jeder Quadratmeter aus wie der andere. Wenn die Kiste nicht mehr da sein sollte, gab es nichts zur Orientierung.

In dem Moment, da die Kinder ins Boot kletterten, ließen die Männer des Strandvogts ihr Boot nur zwei Meter entfernt auf Tades Eiland auflaufen.

»He, ihr zwei. Was ist in der Truhe?«, rief der eine von ihnen und sprang in den Sand. Broder erkannte ihn als den langen Erik, der ihm schon ein paarmal Strandgut abgeknöpft hatte.

»Ein Haufen Pferdeäppel«, antwortete Jaike. Mit aller Kraft legte sie sich in die Riemen.

»Dir wird deine Frechheit schon vergehen«, lachte Erik grob. »Wenn ihr etwas mitgenommen habt, kriegt es eh der Vogt.«

»Erst mal muss der Vogt *uns* kriegen!«, schrie Broder, während sie sich immer weiter von Erik und der Sandbank entfernten. »Der ist doch so fett, dass er im Sand einsinkt, wenn er versucht zu laufen.« Auch er lachte jetzt. Es war ein jubelndes Lachen. Sollte doch der Vogt die Seide behalten! Entweder er gab

Was machte der Strandvogt?

Zur Zeit Jaikes und Broders gehörte der größte Teil von Sylt zum Herzogtum Schleswig, das dem Grafen von Holstein-Rendsburg unterstand.

Die Fischer bekamen diesen Grafen jedoch nie zu sehen. Sie hatten dem Strandvogt zu gehorchen. Das war eine Art Strandpolizist, der die Rettung von Schiffsbrüchigen leitete und Strandgut sammelte, das angetrieben wurde. Wer etwas fand, musste das dem Strandvogt melden und das meiste davon abgeben. Noch mächtiger als der Strandvogt war der Landvogt, ein Beamter, der ein größeres Gebiet – eine sogenannte Landschaft – verwaltete.

sie dem Amtmann des Grafen, wie es sich gehörte. Oder aber er ließ daraus für seine Frau Betttücher nähen. Ihm konnte es egal sein. Die wirklich kostbaren Dinge, an die kam er diesmal jedenfalls nicht.

Broder richtete sich in dem Boot auf, sodass es heftig hin und her schwankte. »Bei uns gibt's nichts zu holen!«, rief er den Männern zu, die jetzt mit schweren Schritten auf die Truhe zustapften.

»Wir erwischen euch Rantumer Stranddiebe

schon noch!«, rief Eriks Begleiter, den Broder und Jaike zunächst nicht erkannt hatten.

Aber plötzlich wusste Broder, wer das war. Es war einer der Männer, die für den Landvogt arbeiteten. Broder verzog das Gesicht zu einem Lachen. Nun würde die Frau des Strandvogts leer ausgehen und weiterhin in Leinentüchern schlafen müssen. Denn die Seide bekam jetzt sicher der Landvogt.

So ging es zu im Leben: Der Strandvogt arbeitete für den Landvogt. Und der Landvogt für den Amtmann. Und der Amtmann für den Grafen irgendwo in Schleswig. Und der Graf für den König. Und der König wahrscheinlich für den lieben Gott. Aber der war dieses eine Mal auf ihrer Seite! Das spürte Broder genauso deutlich wie den Hunger, der ihn plötzlich wieder packte.

Kaum hatten sie Pidders Boot auf den Strand gezogen, kam der dicke Strandvogt angeschnauft. »Was ihr mir stehlt, stehlt ihr dem Grafen«, ächzte er. »Und irgendwann wird er höchstpersönlich über euch richten!«

Broder lachte übermütig. »Der Herr Graf wird was Besseres zu tun haben!«, rief er. Dann fasste er Jaike bei der Hand und rannte dem schimpfenden Strandvogt davon.

Irrlichter

Als Broder und Jaike endlich in der Kate vor ihren gebratenen Heringen saßen, war es draußen schon dunkel. Jaikes Mutter war nicht da. Sie arbeitete in den Salzbuden, wo man auch noch im Schein der Fackeln schuften konnte, wenn das Tageslicht nicht mehr ausreichte.

Natürlich hatten die beiden Kinder kein anderes Thema als ihren Schatz. Was würden sie alles damit kaufen, wenn sie denn erst mal die Taler geborgen hätten … Ein paar anständige Schuhe, neue Kleider, Zucker und Gewürze und feines Mehl zum Kuchenbacken.

»Wir könnten auch ein zweites Bettzeug kaufen«, meinte Broder und zeigte zu der Wolldecke hinüber, unter der er und Jaike nachts schliefen.

Über Jaikes Gesicht huschte ein Schatten. Das hatte sie ganz vergessen! Sie sollte doch Broder etwas von der Mutter ausrichten.

»Hör mal«, sagte sie zögernd. »Mutter meint, du musst dir einen anderen Schlafplatz suchen.«

Broder sah auf. »Warum das denn?«

Jaike schaute auf ihre schwieligen Hände. »Weil ich letzte Woche zwölf Jahre geworden bin. Und Mutter meint, da geziemt es sich nicht mehr, mit einem fremden Jungen zusammenzuliegen.«

Broders helle Friesenaugen blitzten. »Ich bin doch kein Fremder!«

Jetzt lächelte Jaike. »Nein, aber Mutter meint, in ein paar Jahren heiraten wir sowieso. Dann können wir wieder unter einer Decke schlafen.«

»Pah!«, rief Broder und lief rot an. Das Thema war ihm peinlich. Erleichtert sprang er auf, weil es an der Tür klopfte.

Es war der alte Pidder, der im selben Moment auch schon auf dem lehmigen Boden der Kate stand. Ohne auf eine Einladung zu warten, setzte er sich zu den Kindern auf die Bank und pickte sich einen Rest Hering auf. Dann begann er zu reden.

»Der Sturm hält an«, sagte er. »Ich würd ja raus nach Hörnum, wenn ich noch könnte.« Er warf Broder einen schnellen Blick zu.

»So, so, nach Hörnum«, antwortete Broder.

Jaike stieß ihn unter dem Tisch mit dem Holzschuh an. Broder wusste, was sie damit sagen wollte. Fahr nicht raus, sollte das heißen. Das haben wir doch jetzt nicht mehr nötig. Wir haben doch den Schatz.

Pidder kaute bedächtig. Er hatte keinen einzigen Zahn mehr im Mund. Da musste man aufpassen, dass man keine allzu großen Brocken verschluckte.

»Ich spür's in den Knochen«, sagte er schließlich. »Heute Nacht lohnt es sich. Aber die meisten Männer haben Angst, weil der Landvogt da ist. Du auch?« Pidder blinzelte Broder listig an.

Der Junge seufzte. Nee, Angst hatte er nicht vor dem Vogt. Das hatte er ja wohl vorhin bewiesen. Aber er hatte keine große Lust, noch mal rauszumüssen in der Dunkelheit.

Doch Pidder war fast so etwas wie ein Großvater für ihn. Und er hatte dem Alten versprochen, für ihn nach Hörnum rauszufahren, an die Südspitze der Insel. Dorthin, wo die Schiffe am ehesten strandeten. Vor allem, wenn ein bisschen nachgeholfen wurde …

Irrlichter setzen. Bis jetzt war Broder noch nicht dabei gewesen, wenn die Fischer loszogen, um falsche Markierungen auf den Sandbänken auszusetzen. Auch beim Plündern hatte er noch nicht mitgemacht. Und er riss sich auch nicht darum, denn nicht selten ging es dabei blutig zu. Manch einer der armen Teufel, deren Schiff auf Grund gelaufen war, versuchte, den rettenden Strand zu erreichen. Doch dann wurde er einfach erschlagen, damit er die Strandräuber nicht anzeigen konnte.

Die Männer von Rantum waren nicht grausamer als die Männer anderswo. So war das nun mal, wenn

Von Strandräubern und Irrlichtern

Strandräuber klaubten die Dinge am Strand auf, die von verunglückten Schiffen stammten – und nicht selten halfen sie dem Unglück ein wenig nach. Sie setzten Irrlichter aus: Leuchtfeuer, die die fremden Kapitäne vom Kurs abbrachten, weil sie sie für die Lichter eines Hafens hielten. Lief das Schiff dann auf Grund, wurde es geplündert. Der Strandvogt drückte häufig beide Augen zu, solange er nur einen ordentlichen Teil der Beute abbekam.

man sich und seine Familie durch raue Zeiten bringen musste.

Pidder legte Broder seine schwere Hand auf den Arm. »Was is nu?«, fragte er. »Die Männer warten.«

Broder nickte. »Ich hab's versprochen.«

»Dann lauf man zu.« Schwerfällig stand Pidder auf. »Ich schick noch Thiess zum Boot. Bei dem Seegang muss man zu zweit sein.«

Da stand auch Jaike auf. »*Ich* kann mit Broder fahren«, sagte sie.

Der alte Pidder griente. »Du?«

Jaike streckte ihren starken Rücken. »Jawohl. Ich hab zweimal mehr Kraft als der pirksige Thiess.«

Der Fischer wiegte den Kopf hin und her. »Von mir aus …«

Jaike strahlte. »Danke, Pidder.« Sie nahm einen Beutel und füllte ihn mit Brot.

Kurz darauf liefen die beiden los. Der Sturm hatte sich gelegt. Aber Pidder hatte recht. Er würde wieder aufbrausen. Wenn sie Glück hatten, waren sie unten an der Südspitze und konnten noch in Ruhe die Irrlichter zur Sandbank rausbringen, bevor das Unwetter sich erneut zusammenbraute.

Als sie an den Salzbuden vorbeikamen, blieb Broder stehen. »Willst du nicht deiner Mutter Bescheid geben? Sie sorgt sich sonst, wenn du heute Nacht nicht da bist.«

Jaike schüttelte den Kopf. »Die sorgt sich nicht. Seit Vater nicht mehr lebt, scheint ihr alles egal zu sein. Schwermütig ist sie geworden, das weißt du doch.«

Genau wie Broder hatte auch Jaike ihren Vater an die See verloren. So ging es einigen Kindern im Dorf, denn das Leben der Fischer war gefährlich. Jaike vermisste den wortkargen Mann nicht besonders, er war ohnehin nur selten zu Hause gewesen. Aber dass ihre Mutter seitdem kaum noch mit ihr sprach, das traf sie hart. Das Gespräch am Morgen über Broder und dass er ausziehen sollte, war eine große Ausnahme gewesen.

Aber jetzt war keine Zeit zu grübeln. Sie waren am Strand angekommen, wo sich schon zwei der Rantumer Fischer an einem Ruderboot zu schaffen machten.

Die Männer wunderten sich nicht groß, dass Broder mit Jaike aufgetaucht war. Jeder im Dorf wusste, dass die beiden unzertrennlich waren. Ohne viele Worte reichten sie Jaike eine der Laternen, die als Irrlichter ausgesetzt werden sollten. Dann halfen sie Broder, das Boot ins Wasser zu schieben.

»Erst mal südwärts«, sagte der eine. »Wir drehen

dann ab zur Seehundsbank. Und ihr fahrt weiter westlich zur Grotenbank. Klar?«

»Klar«, antwortete Broder und sprang ins Boot. Er wusste genau, wo die Laternen gesetzt werden sollten. Die beiden großen Sandbänke eigneten sich bestens, um von ahnungslosen Seeleuten für eine Hafeneinfahrt gehalten zu werden. Jedenfalls, wenn man sie mit Laternen bestückte. Sie mussten nur abwarten, dass die Flut zurückging und die Sandbänke freigab. Zwischen den Bänken ragten muschelbesetzte Felsen vom Grund hoch. Aber die konnte man erst sehen, wenn es zum Abdrehen zu spät war. Die Schiffe wurden aufgeschlitzt wie die Bäuche der Heringe, die Jaike und Broder zum Abendessen ausgenommen hatten.

Ein bisschen mulmig war Broder schon zumute. Heute Nacht würde er zum ersten Mal ein Irrlicht setzen. Wenn nun Männer ertranken durch seine falsche Laterne … Würden ihn dann nicht die Seelen der Verstorbenen piesacken, Nacht für Nacht?

Seufzend sah Broder zu Jaike hinüber, die neben ihm auf der Ruderbank saß und das Ruder fest in beiden Händen hielt. Auch ihr Gesicht war finster. Vielleicht begriff auch sie erst in diesem Moment, zu was für einer Tat sie da unterwegs waren.

In großer Not

Kaum eine Stunde später bereuten Jaike und Broder bitter, dass sie sich auf diese Teufelssache eingelassen hatten. Es lag kein Segen über ihrer Fahrt.

An der See kann das Wetter so schnell umschlagen, dass auch erfahrene Männer überrascht werden. Und Broder und Jaike waren nur zwei Kinder, zwar stark und mutig, aber trotzdem hilflos, als plötzlich der Sturm wieder aufbrauste. So heftig und wild, dass er das Boot wie einen Korken auf dem Wasser tanzen ließ.

»Jaike, sieh nur, die schwarzen Wolken!«, hatte Broder noch gerufen. »Wir müssen umkehren!« Aber da war es schon zu spät gewesen.

Eine einzige Böe hatte gereicht, um Jaike das Ruder aus der Hand zu schlagen. Mit beiden Händen musste sie sich am Bootsrand festklammern, um nicht ebenfalls ins Meer zu stürzen.

Auch Broder hatte sein Ruder inzwischen verloren. Er kniete auf dem Boden des Bootes, hielt sich an der Ruderbank fest und kniff die Augen zusammen. Er wollte die Brecher nicht sehen, die auf Pidders elendes Bötchen niedergingen.

Jaike wurde von einer Welle zu Boden geworfen und lag jetzt neben Broder. Sie presste sich dicht an ihn. Trotzdem musste der Junge schreien, damit sie ihn im Tosen und Wüten des Sturms verstehen konnte.

»Halt dich fest, Jaike! Nicht loslassen!«

Nicht loslassen! Das war das Einzige, was die beiden Kinder in den nächsten Stunden denken konnten. Stunden, die ihnen wie die Ewigkeit vorkamen. Nicht loslassen, auch wenn die Hände vor Kälte und Anstrengung blau und ohne Gefühl waren. Auch wenn das Boot voller Wasser stand und das salzige Nass bei jedem Atemholen in Mund und Nase drang. Auch wenn jeder Muskel im Körper schmerzte und jeder Knochen zerschlagen zu sein schien. Nicht loslassen! Das war ihre einzige Chance, zu überleben.

Fast bewusstlos waren sie vor Erschöpfung, aber Angst verspürten sie nicht. Vielleicht hatten sie keine Zeit und keine Kraft dafür. Nur Bilder tauchten in ihren Köpfen auf. Bilder, wie sie jeder an der Küste kannte, egal ob Fischer oder Bauer, ob Mann, Frau oder Kind. Sie wurden gespeist von all den Erzählungen über Stürme und Sturmfluten … über

Inseln und Halligen, die das Meer verschluckt hatte … über all die Ertrunkenen und Vermissten, die fast in jeder Familie beklagt wurden.

Und die mächtigste aller Erzählungen, die sich die Menschen bei Sturm und Unwetter zuflüsterten, das war die von der großen Mandränke. Wie oft schon hatte der alte Pidder den Kindern von der gewaltigen Sturmflut erzählt, die vor fünfzig Jahren die Küste heimgesucht hatte.

»Ich bin noch ein junger Spund gewesen«, sagte er dann. »Aber an dem Tag sind meine Haare mit einem Schlag weiß geworden vor Schreck.«

Pidder behauptete, die Torfstecher seien schuld gewesen. Sie hätten den Boden so weit abgetragen, dass er tiefer als der Meeresspiegel lag. So konnte das Wasser hineinlaufen wie in eine Schüssel. Der Pfarrer dagegen sprach nur von der zweiten Sintflut, die deshalb über die Friesen gekommen war, weil die Fischer selbst am heiligen Sonntag arbeiteten.

All diese Geschichten vermischten sich jetzt für Broder und Jaike mit den Erinnerungen an ihre Väter, die irgendwo auf dem Grund der Westsee lagen. Unendlich schien der Hunger der See zu sein, die Menschen verschlingen zu wollen.

»Hörst du das Rufen?«, flüsterte Jaike und presste

ihr Gesicht an Broders Schulter. »Das ist Ekke Nekkepenn. Er sucht uns …«

Broder antwortete nicht. Wie gerne hätte er Jaike getröstet. Hätte ihr gesagt, dass Ekke Nekkepenn nur eine Erfindung der alten Weiber ist, die sich an langen Winterabenden die Zeit vertrieben. Die Geschichte vom Meeresgott, der unter Wasser in einem Kristallpalast lebte, die glaubte er nicht. Egal wie oft sie erzählt wurde.

Aber auch er hörte ja die Rufe, die über das Wasser schallten. Kamen sie nicht vielleicht doch vom Grunde des Meeres? Broder hob den Kopf, um das Wasser aus den Haaren und den Ohren zu schütteln.

Und auf einmal sah er es: ein Schiff – groß wie eine Kirche ragte es auf. Ein Dreimaster mit vom Sturm zerfetzten Segeln. Für einen Moment brach die Sonne durch die Wolken und ließ das graue Segeltuch hell aufleuchten. An der Reling stand ein Seemann und rief ihnen etwas zu.

Broder stemmte sich mühsam hoch. »Jaike, schau doch, da …«, stammelte er. Vor Aufregung und Erschöpfung brach ihm die Stimme.

Jaike neben ihm fand schneller die Fassung. Sie riss die Arme empor und schrie aus voller Kehle: »Hier! Hier sind wir! Zu Hilfe!!!«

Und dann liefen ihr die Tränen über die Wangen. Es waren Freudentränen, die sich mit dem Regen und dem Salzwasser auf ihrem Gesicht vermischten.

Broder konnte später nicht mehr erzählen, wie es ihnen gelungen war, an Bord des fremden Schiffes zu kommen. Der Sturm hatte ihr Bötchen hin und her geworfen und beinahe gegen die hoch aufragende Bordwand des mächtigen Potts geschmettert. Immer wieder hatten die Kinder die Leine verpasst, die man ihnen zuwarf. Aber angesichts der nahen Rettung waren ihnen neue Kräfte gewachsen.

Und irgendwann hatten sie es geschafft. Sie lagen an Deck. Jemand hatte ihnen Felle über die völlig ausgekühlten Körper gelegt. Ohne zu wissen, wer sie aus der wilden See gerettet hatte, schliefen sie Seite an Seite ein.

Die große Mandränke und das sagenumwobene Rungholt

Im Januar 1362 wurde die Küste der Westsee, wie die Nordsee damals hieß, von einer gewaltigen Sturmflut heimgesucht, bei der ganze Dörfer ins Meer gespült wurden und viele Tausend Menschen ertranken. Dabei änderte sich auch der Verlauf der Küste und die Menschen von Sylt, Amrum und Föhr mussten damit leben, dass ihre Heimat plötzlich aus Inseln bestand.

Auch die Stadt Rungholt auf der damaligen Insel Strand versank in den Fluten. Der dramatische Untergang des Ortes förderte die Legende, dass die Rungholter sehr reich und gottlos gewesen wären – und dass auf dem Meeresgrund noch Rungholts Schätze liegen. Zwar hat man inzwischen Teile Rungholts freigelegt, aber bis heute keinen Schatz gefunden.

VOR 1362
NACH 1362

An Bord der Rosenboom

Als Broder aufwachte, war das Meer glatt wie ein Spiegel. Ein strahlend blauer Herbsthimmel spannte sich von Horizont zu Horizont. Die Sonne ließ die Nässe auf den Decksplanken dampfen. Eine Weile lag er regungslos auf dem Rücken und blinzelte in den viel zu hellen Tag.

Jaike schlief schon eine ganze Weile nicht mehr. Sie hatte den Schritten an Deck gelauscht, den Stimmen der Männer und dem Gepolter des Steuermanns, der vom Heck her den Matrosen Befehle zurief.

Jetzt spürte sie, wie sich Broder neben ihr regte. Sie schob die warme Felldecke zur Seite und wandte sich zu ihm. Doch noch ehe sie etwas sagen konnte, fiel ein Schatten auf sie. Sie richtete sich auf und sah einen Seemann vor sich. Einen alten, bärtigen Kerl, der seinen rechten Arm in einer Schlinge trug.

»Endlich ausgeschlafen, ihr zwei Schiffsratten?«, fragte er. Er sprach einen friesischen Dialekt, den Jaike nur schwer verstand. Aber obwohl seine Worte unfreundlich klangen, schien ihr, dass er es gut mit ihnen meinte. Er hob einen Tonkrug vom Boden und reichte ihn ihr. »Trink.«

Das brauchte er Jaike nicht zweimal zu sagen. Sie setzte den Krug an die vom Meersalz wunden Lippen und trank das Wasser in großen Schlucken. Dann trank auch Broder und sah sich dabei neugierig auf dem dickbauchigen Schiff um. Ein schöner neuer Holk war das, bestimmt dreißig Meter lang. Ein Handelsschiff, das sicher einem reichen Reeder aus Hamburg oder Emden gehörte. Wieso hatte es sich so dicht an Sylt herangewagt? Für so einen großen Dreimaster, der mit dem Kiel tief unter Wasser ragte, war es in den flachen Gewässern doch viel zu gefährlich. Selbst die alten Koggen, die ein gutes Stück kleiner waren, mieden das Meer vor den Inseln.

Der Bärtige schien seine Gedanken erraten zu haben. »Da habt ihr aber Glück gehabt, dass uns der Sturm fast auf Sylt draufgepustet hätte.«

»Wollt ihr nach Schweden?«, fragte Jaike. Auch sie versuchte, mit einem Blick zu erfassen, auf was für einem Schiff sie eigentlich gelandet waren.

Die Miene des Alten wurde finster. »Wer viel fragt, wird nicht alt«, knurrte er. Dann stieß er Broder mit dem Fuß an. »Auf jetzt! Der Käpt'n wartet auf euch.«

Er brachte die beiden zum Vorderdeck, wo das Kastell aufragte, ein hölzerner Aufbau, in dem der Kapitän seinen Schlaf- und Arbeitsraum hatte.

Broder hatte noch nie eine Kapitänskajüte von innen gesehen. Er kannte nur die einfachen Fischerboote. Als der Bärtige sie in den düsteren Raum schubste, sah er sich vorsichtig um. Er versuchte, nicht allzu neugierig zu wirken. Die Worte des Alten hatten wie eine Warnung geklungen.

Bevor Broder und Jaike sich lange umschauen konnten, schlug die Tür wieder auf. Es war der Kapitän, der da plötzlich im Türrahmen stand. Sein Gesicht war im Halbdunkel des Kastells kaum zu erkennen. Aber er wirkte trotzdem Ehrfurcht gebietend in seinem schwarzen Mantel und den hohen Lederstiefeln. Er war groß und breitschultrig wie viele Männer aus dem Norden.

Er musterte die beiden Kinder ein paar Sekunden lang. »Wo kommt ihr her?«, fragte er dann.

»Aus Rantum von der Insel Sylt«, gab Jaike zur Antwort. »Und wo sind wir jetzt?«, fügte sie mutig hinzu.

Der Kapitän sah sie wortlos von oben bis unten an, von ihren strähnigen blonden Haaren bis zu dem immer noch nassen Leinenkleid und den wollenen

Strümpfen. Die Holzschuhe hatte sie beim Klettern an Bord verloren.

»Auf der Rosenboom«, sagte der Kapitän. Dann wandte er sich dem Bärtigen zu. »Das Mädchen hilft dir beim Essenmachen, Ouwe. Der Junge geht in die Takelage.«

Damit war das Schicksal von Jaike und Broder besiegelt. Sie würden an Bord arbeiten müssen, bis das Schiff einen Hafen anlief. Wie sie dann wieder nach Hause fanden, war ihre Sache. Denn dass der Kapitän nur wegen zweier armseliger Kinder auf Sylt zudrehte, daran war nicht mal im Traum zu denken.

Der bärtige Ouwe, der Jaike mitnahm, war zum Glück nicht ganz so wortkarg, wie es zunächst den Anschein gehabt hatte. Als er ihr im Kastell auf dem Achterdeck die Kochkiste mit der Feuerstelle zeigte, erfuhr sie, was mit seinem Arm passiert war.

»Gebrochen hab ich ihn mir, ich Döskopp!«, fluchte er. »Wegen dieses vermaledeiten Sturms gestern Nacht. Ich bin ausgerutscht wie eine Landratte und gegen den Großmast geknallt.« Er hob seinen linken Arm. »Und mit diesem Flunken allein kann ich keinen Speck braten.«

»Das übernehme ich. Und ich mache Spiegeleier dazu, wenn du mir zeigst, wo die Eier sind.«

Ouwe verzog das Gesicht. »Eier? Was glaubst du, wo du bist? Wir sind seit Wochen auf See. Eier haben wir das letzte Mal irgendwo vor Holland gegessen. Und auch die waren schon faul. Unsere Hühner hab ich schlachten müssen. Der verdammte Händler hat mir irgendwelche Viecher angedreht, die kein einziges Ei gelegt haben.«

»Wo kommt ihr denn her?«, fragte Jaike.

Doch Ouwe antwortete nicht. Es war klar: Fragen waren hier nicht erwünscht. Der Schiffskoch zeigte auf den riesigen Schinken, der von der Decke baumelte, und drückte Jaike ein Messer in die Hand. »Schneid ein paar ordentliche Scheiben ab. Die Männer haben heute noch nichts in den Magen gekriegt.«

Eine Stunde später schleppte Jaike die schwere Pfanne mit den Speckstreifen an Deck. Auch die Tonkrüge mit Wasser musste sie alleine tragen. Ouwe ging es nicht gut. Er hockte in einer Ecke auf einem Bierfass und der Schweiß rann ihm über die Stirn. Jaike hatte sich seinen Arm angeschaut. Er war nicht nur gebrochen, sondern hatte auch eine tiefe Wunde davongetragen. Sie hatte die Wunde ausgewaschen, so wie sie es von ihrer Mutter gelernt hatte. Ouwe hatte sich die Lippe blutig gebissen, um nicht laut aufzustöhnen.

Doch jetzt, als es ans Essen ging, rappelte er sich hoch. Er nahm das Bierfass und wuchtete es sich nur mit einem Arm auf die Schulter.

»Lass doch«, meinte Jaike, als sie sein schmerzverzerrtes Gesicht sah. »Das kann doch jemand anders holen.«

Ouwe lachte nur ein bitteres Lachen. »Unnütze Esser gehen hier schneller über Bord, als du denken kannst, Mädchen.« Obwohl er das schwere Fass trug, hielt er in der Tür inne. »Wenn hier nicht die halbe Mannschaft an der Pest krepiert wäre, hätte der Käpt'n euch nie im Leben aufs Schiff gelassen.«

Erschrocken sah Jaike hoch. »Die Pest?«

Ouwe nickte grimmig. Er setzte das Fass wieder ab. Offenbar hatte er was zu erzählen. »Ja, der verdammte Schwarze Tod!«, fluchte er. »Irgendjemand muss ihn an Bord geschleppt haben. Und dann ist einer nach dem anderen ins Fieber gefallen. Damit wir nicht alle draufgehen, haben wir jeden über Bord schmeißen müssen, der auch nur einen Hauch von Fieber hatte.«

Jaike konnte verstehen, dass der Kapitän Angst hatte, dass sich seine ganze Mannschaft mit dieser fürchterlichen Krankheit ansteckte. Ihr Vater hatte ihr von Geisterschiffen erzählt, die durch die Meere

Der Schwarze Tod

Die Große Pest ist die größte Katastrophe, die Europa je erlebt hat. Sie dauerte von 1347 bis 1352. 25 Millionen Menschen starben dabei – ein Drittel der damaligen Bevölkerung. In manchen Gegenden lebte niemand mehr.

Die Pest ist eine sehr ansteckende Krankheit, die durch Schiffsratten auf den Menschen übertragen wird. Man erkennt sie an schwarzen, eitrigen Beulen. Weil im Mittelalter die meisten Menschen in Armut und Schmutz lebten, konnte sich die Pest leicht verbreiten. Durch mehr Sauberkeit in den Straßen und Häusern hat es in Europa seit 1721 keine schlimme Pest mehr gegeben.

segelten. Völlig ohne Besatzung, weil alle Männer vom Schwarzen Tod geholt worden waren.

Ouwe stemmte das Fass wieder hoch. »Solch halbe Portionen wie euch lässt der Käpt'n nur mitfahren, weil er Leute braucht«, fuhr er fort. »Dein Freund wird hübsch schuften müssen.«

Schweigend ging Jaike hinter Ouwe her. Jetzt fiel es ihr auch auf: An Deck waren nur wenige Männer zu sehen. Normalerweise fuhr so ein großer Holk mit an die zwanzig Mann Besatzung.

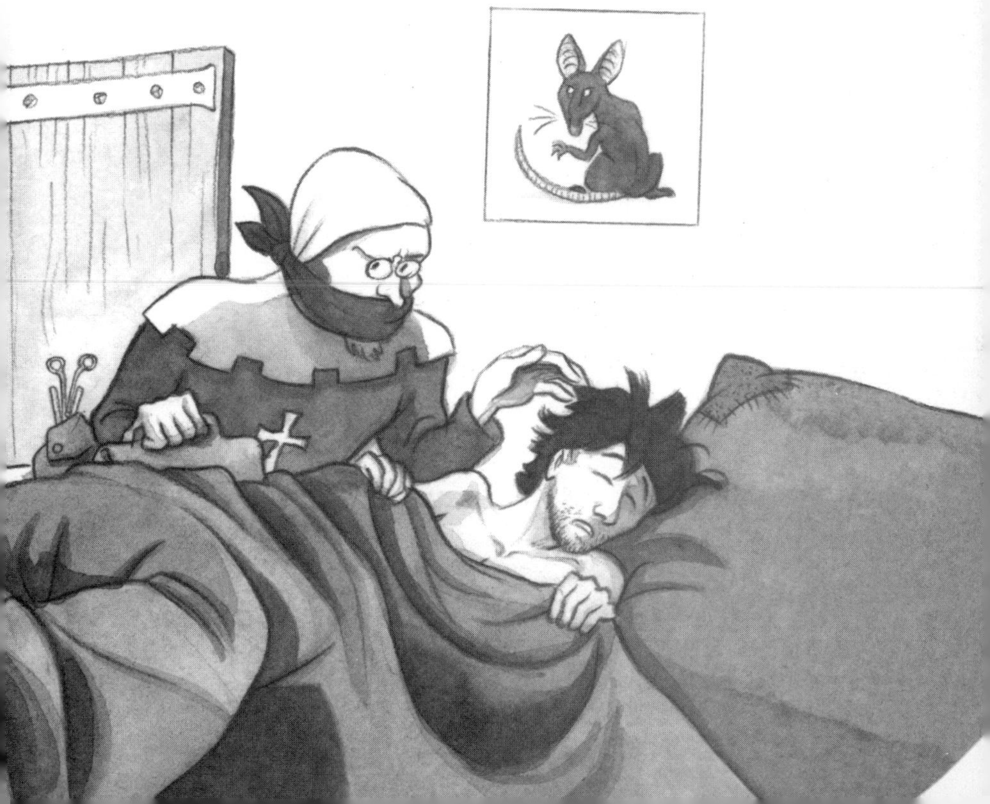

In diesem Moment entdeckte sie Broder und ihr Herz zog sich vor Schreck zusammen. Hoch oben in der Takelage des Großmastes kletterte er herum und versuchte, eines der Segel zu bergen, das der Sturm zerfetzt hatte. Mit einer Hand hing er im Tauwerk, mit der anderen zerrte er an dem Segel herum, das sich irgendwo verklemmt hatte.

»Broder!«, rief sie unwillkürlich.

Er winkte ihr fröhlich zu. Da oben rumzuturnen gefiel ihm, auch wenn es noch so gefährlich war. Aber als er jetzt die Pfanne mit gebratenem Speck sah, kletterte er schnell wie ein Eichhörnchen hinunter.

Weil das Meer ruhig war, konnten die Seeleute gemeinsam an Deck essen. Sie hockten auf zusammengerollten Tauen und pickten sich den Speck und das Brot mit ihren Messern auf.

Und so hatten Jaike und Broder Gelegenheit, sich den Haufen finsterer Gesellen in Ruhe anzuschauen. Der Älteste war ganz eindeutig Ouwe, er hatte fast schon so viele Jahre wie der olle Pidder auf dem Buckel. Außer als Koch war er an Bord sicher zu nichts mehr zu gebrauchen. Bei den anderen konnte man kaum erkennen, wie alt sie waren. Die untere Hälfte ihrer Gesichter war von dichten Bärten bedeckt. Und auf dem Kopf trugen sie breitkrempige Hüte oder gebundene Tücher gegen die Sonne. Nur der Kapitän war glatt rasiert. Er hatte ein schmales Gesicht mit dunklen Katzenaugen, die alles und jeden gleichzeitig zu beobachten schienen. Neben ihm saß einer, der wohl der Steuermann war. Er hatte vorher hinten an dem langen hölzernen Steuerhebel gestanden, den er für die Zeit des Essens festgezurrt hatte. Es war ein hochgewachsener rothaariger Kerl, der genau wie alle anderen seinen Speck schweigend in sich hineinschaufelte.

Als die Pfanne fast leer war, schickte der Kapitän die Männer und auch Broder wieder an die Arbeit. Und dann fiel ein Satz, den Jaike, die die vom Fett verschmierten Decksplanken mit einem Lappen abwischte, zunächst gar nicht verstand. Doch dieser Satz sollte ihr und Broders Leben ebenso durcheinanderbringen wie der Sturm am Abend zuvor.

»Hol unseren Prinzen an Deck, Ouwe«, befahl der Kapitän dem Koch.

Der junge Graf

Der Kapitän lief unruhig auf und ab, als Ouwe in der Luke verschwand, die unter Deck führte. Jaike schleppte schnell die Pfanne zurück zum Achterdeck. Sie wollte dabei sein, wenn Ouwe zurückkam.

Wer um alles in der Welt war dieser Prinz, von dem der Kapitän gesprochen hatte? Es kam ja vor, dass hohe Herrschaften auf Handelsschiffen mitfuhren. Vielleicht brachte die Rosenboom ja einen echten Wüstenprinz aus Arabien oder Afrika mit … Doch als sie zum Mittschiff zurückschlich und sich an den Großmast drückte, damit der Kapitän sie nicht entdeckte, machte sie große Augen. Der Junge, der da jetzt vor der Pfanne hockte und den restlichen Speck hinunterschlang, sah ganz und gar nicht wie ein edler arabischer Prinz aus. Und auch nicht so, wie Jaike sich einen deutschen Prinzen vorstellte.

Es war ein magerer, blasser Junge mit dunkelblonden langen Haaren, vielleicht dreizehn Jahre alt. Eine geflickte Hose und eine alte Jacke schlotterten ihm um den Körper. Die hatten wohl ursprünglich einem Seemann gehört.

»Ich weiß doch auch nicht, warum er nicht kommt«, hörte sie den Jungen sagen. Er klang verängstigt.

»Noch vier Tage warten wir und keinen Tag länger«, antwortete der Kapitän. »Wenn dein Vater bis dahin nicht auftaucht, dann …« Er brach ab. Sein Blick wanderte missmutig über die glatte See, als suche er etwas.

»… dann gnade dir Gott«, flüsterte Jaike unwillkürlich. Irgendetwas Bedrohliches ging hier vor sich, auf diesem fremden Schiff. Das war kein normales Handelsschiff, das spürte sie. Es trug ein Geheimnis mit sich. Es roch geradezu nach Tod und Unglück. Oder lag das nur daran, dass die Pest auf dem Schiff gewütet hatte?

»Iss jetzt auf.« Der Kapitän schob dem Jungen mit der Stiefelspitze einen Brotkanten zu. Dann schickte er ihn zur Leeseite des Schiffes, die dem Wind abgewandt war. Jaike schaute nicht hin. Sie konnte sich denken, dass er dem Jungen so die Gelegenheit gab, sein Wasser zu lassen. Ihr Blick ging nach oben.

Broder hockte fast direkt über ihr in der Takelage des Großmastes. Von dort oben hatte er den fremden Jungen sicher einfach nur für einen Matrosen gehalten. Sie musste ihm unbedingt erzählen, was sie gehört hatte.

Doch ihr blieb nichts anderes übrig, als sich bis zum Abend zu gedulden.

Nachdem Ouwe den Jungen wieder unter Deck gebracht hatte, halste er ihr jede Menge Arbeit auf. Sie musste die dreckigen Töpfe, Pfannen und Löffel mit Salzwasser schrubben. Danach bereitete sie einen riesigen Topf mit Grütze vor, der zum Abendessen gereicht werden sollte.

Und schließlich ließ Ouwe sie die Hemden des Kapitäns in einem Bottich waschen. Sie waren aus feiner Seide, die Jaike mit ihren aufgerissenen Fingern kaum anfassen mochte. Als sie große Blutflecken auf einem der Hemden entdeckte, erschrak sie.

Was war nur auf diesem Schiff passiert? Sie nahm sich vor, den Jungen zu suchen, um mit ihm zu reden. Es schien doch fast, als ob er wie ein Gefangener gehalten wurde, oder?

Als es dunkelte, bekam Jaike eine Gelegenheit, unter Deck zu gelangen, dorthin, wo die Ladung gestapelt wurde. Ouwe brauchte trockenes Holz für die Feuerstelle, um Wasser heiß zu machen. Er selbst konnte sich vor Schmerzen kaum noch auf den Beinen halten. Und so schickte er Jaike los.

»Nimm deinen Freund mit«, sagte er – sehr zu ihrer Freude. »Er kann dir mit dem Holz und der schweren Luke helfen.«

Broder saß erschöpft am Fuß des Großmasts. Obwohl er harte Arbeit gewohnt war, hatte ihn das Klettern in der Takelage angestrengt. Ein falscher Griff, ein Tritt daneben und er wäre an die zwanzig Meter tief hinuntergefallen. Trotzdem war er allerbester Laune.

»Düwel ouk!«, sagte er, als er Jaike stolz von seiner neuen Arbeit erzählte. »So ein Holk ist doch was anderes als Pidders altes Fischerboot.«

»Ja«, antwortete Jaike grimmig. »Das kann man wohl sagen.« Und dann berichtete sie ihm all das, was sie im Laufe des Tages gesehen und gehört hatte.

»Komm«, drängelte sie. »Lass uns diesen Prinzen suchen gehen. Er ist irgendwo im Laderaum untergebracht.«

Während die Kinder miteinander redeten, waren sie zur Ladeluke gegangen und hatten die schwere Tür hochgestemmt. Eine Trittleiter führte unter Deck.

Es war nahezu dunkel in dem niedrigen, vollgestopften Raum. Kisten und Ballen stapelten sich im ganzen Schiffsbauch. Zu gerne hätte Jaike sich umgeschaut, um herauszufinden, was für eine Ladung die Rosenboom mit sich führte.

»Wir sehen erst mal im Bug nach«, flüsterte sie Broder zu und zog ihn zum vorderen Teil des Schiffes. Vorsichtig tastete sie sich voran.

Sie brauchten nicht lange zu suchen. So groß war das Schiff nicht. In der Bugspitze saß er, der fremde Junge. Sie hörten seinen Atem. Er ging laut und unruhig, so als hätte der Junge Angst.

»Fürchte dich nicht«, raunte Jaike. »Ich bin es nur. Das Mädchen, das dem Schiffskoch hilft.«

Ein paar Sekunden lang antwortete der Junge nicht. Dann räusperte er sich. »Aber ihr seid doch zu zweit, das habe ich an euren Schritten gehört.«

»Broder ist bei mir«, sagte Jaike. »Wir sind erst seit heute Morgen an Bord. Der Kapitän hat uns im Sturm das Leben gerettet.«

Der Junge lachte ein Lachen, das seltsam bitter klang. »Mir hat er auch das Leben gerettet.«

»Aber warum bist du dann hier unten?«, fragte Broder. Seine Augen hatten sich an die Dunkelheit gewöhnt. Er konnte erkennen, dass der Junge auf einem Stoffballen am Boden hockte. Und er sah auch die Fußfessel, mit der er angekettet war. »Lässt er dich nicht arbeiten, weil du ein Prinz bist?«

Wieder lachte der Junge sein hartes Lachen. »Ein Prinz? Ich bin Gerhard von Holstein. Mein Vater ist der Graf Heinrich von Holstein. Der Kapitän nennt mich Prinz, wenn er mich verspotten will.«

»Du bist der Sohn des Grafen …«, sagte Broder mit einer Mischung aus Ehrfurcht und Grimm. »Natürlich lässt er dich dann nicht arbeiten.«

»Er hat Angst, dass ich von Bord springe«, sagte der Junge. »Er hält mich für schwermütig, weil ich geweint habe, als …« Er brach ab. Ganz leise war seine Stimme geworden, sodass Jaike, ohne zu überlegen, nach seiner Hand griff. Schmal und fein waren die kalten Finger, so als hätten sie wirklich noch nie gearbeitet.

»Was ist denn passiert?«, flüsterte Jaike.

Doch in diesem Moment hörten sie Geräusche, die von der Luke herkamen.

»Wo steckt ihr denn? Ich warte auf das Feuerholz.« Das war Ouwe. Sie konnten nicht länger bleiben!

Jaike drückte dem Jungen die Hand. »Wir kommen wieder«, sagte sie. Dann huschten sie und Broder zur Luke zurück.

1. KAPITÄNSKAJÜTE MIT KAPITÄN
2. RUDER (ÜBER WINDEN GESTEUERT)
3. KOMBÜSE (KÜCHE) MIT SCHIFFSKOCH
4. AUSGUCK MIT MATROSE
5. ACHTERKASTELL
6. SCHWERE STEINE IM SCHIFFSBAUCH ZUM STABILISIEREN DES SCHIFFES BEI STARKEM SEEGANG
7. SPANTEN („GERIPPE" DES SCHIFFES)
8. FRACHT- UND LADERÄUME
9. KIEL

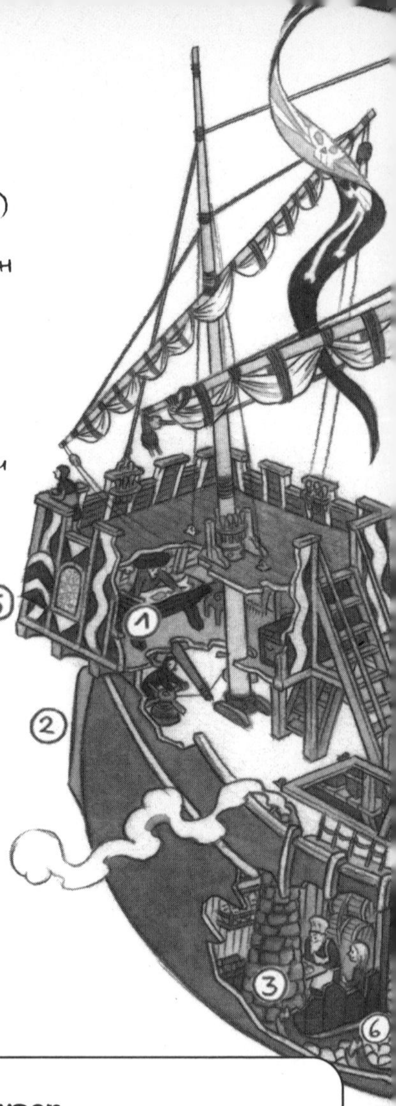

Die wichtigsten Schiffstypen zur Zeit der Hanse

Die Kaufleute der Hanse fuhren auf sogenannten Koggen. Das waren dickbauchige Schiffe mit nur einem Mast. Zu der Zeit Störtebekers baute man jedoch schon Schiffe mit zwei oder drei Masten: die Holks. Ein kleineres Schiff mit flachem Boden war der Ewer.

(10) BUGSPRIET

(11) VORDERKASTELL

(12) KANONEN

(13) MATROSE

Die Geschichte vom Mann ohne Kopf

Ouwe ging es schlecht. Er saß neben seiner Kochkiste auf dem Boden und der Schweiß lief ihm die Schläfen hinunter.

»Du hast Fieber«, stellte Jaike fest, während sie mit Feuerstein und Schlageisen Funken schlug, um das Feuer in Gang zu setzen.

»Tünkram!«, polterte der Schiffskoch. »Ich hab kein Fieber. Red nicht so einen Unsinn.«

»Aber du bist doch ganz …« Jaike hielt mitten im Satz inne. Der Blick des Alten ließ sie verstummen. Natürlich! Er *durfte* kein Fieber haben. Was hatte er ihr am Morgen erzählt? Wer auch nur einen Hauch von Fieber hatte, wurde aus Angst vor der Pest über Bord geworfen!

»Deine Wunde hat sich entzündet. Deshalb ist dir heiß«, fuhr sie fort. »Das muss doch auch der Kapitän einsehen, oder?«

Ouwe antwortete nicht. »Rühr Honig in die Grütze«, sagte er stattdessen. »Ein gutes Essen ist das Beste bei übler Laune.«

Jaike ahnte, dass er damit auf die Laune des Kapitäns anspielte. Sie warf dem Koch einen fragenden Blick zu.

»Hör zu«, murmelte der Alte. »Du hast im Bug nichts zu suchen. Lass dich nicht dabei erwischen. Neugier ist an Bord genauso gefährlich wie Fieber.«

Jaike glaubte begriffen zu haben, was Ouwe ihr sagen wollte: Wenn du niemandem sagst, dass ich Fieber habe, verrate ich nicht, dass ihr unter Deck herumschnüffelt. Sie hängte einen Topf mit frischem Regenwasser über das Feuer, in dem die Grütze aufgekocht werden sollte. Dann setzte sie sich neben Ouwe. Plötzlich traute sie sich, dem Alten die Frage zu stellen, die ihr auf der Seele brannte.

»Was ist das hier für ein Schiff?«, murmelte sie, ohne den Koch anzusehen. »Doch kein normales Handelsschiff, oder?«

Ouwe zögerte. Dann richtete er sich ein paar Zentimeter auf. »Wir sind Piraten«, sagte er und es schwang so etwas wie Stolz in seiner Stimme mit. »Hast du noch nichts von Rasmus Rohlfs gehört?«

Jaike machte große Augen. »Rasmus!«, rief sie. »Der schon mit Klaus Störtebeker gefahren ist?«

Ouwe nickte. »Seit mehr als zehn Jahren sind sie hinter Rasmus her. Aber gekriegt hat ihn keiner, unseren Käpt'n!« Der Alte packte sie am Ärmel und zog sie ein Stück dichter zu sich ran. »Als damals Störtebeker und die Likedeeler hingerichtet wurden, ist er den Hamburgern entwischt. Sonst wäre er jetzt auch einen Kopf kürzer.« Ouwe strich sich mit der Handkante die Kehle entlang und Jaike erschauerte. Ihr Vater hatte ihr die Geschichte des Piraten Störtebeker erzählt. Er war im selben Jahr geköpft worden, in dem sie auf die Welt gekommen war.

»Ouwe …«, flüsterte sie und bekam plötzlich eine Gänsehaut. »Hat Rasmus zu den Männern gehört, an denen Störtebeker ohne Kopf vorbeigelaufen ist?«

Der alte Koch zuckte die Schultern. »Er spricht nicht darüber«, sagte er.

Jaike dachte an die Kisten und Ballen, die sie im Laderaum gesehen hatte. Das war also das Gut, das die Männer der Rosenboom von anderen Schiffen geraubt hatten! … Junge, Junge, das musste sie Broder erzählen. Dagegen war ja ihr Schatz auf Tades Eiland nur eine Kleinigkeit.

Sie stand auf, weil das Wasser im Topf zu kochen begann. Dann drehte sie sich noch mal zu Ouwe um. »Ich würde den Kapitän gerne mal fragen, wie es damals zuging«, sagte sie.

Doch der alte Koch hörte sie nicht mehr. Ihm war der Kopf auf die Brust gesunken. Das Fieber hatte ihn in einen unruhigen Schlaf fallen lassen. Jaike seufzte. Es würde schwer werden, dem Kapitän zu verheimlichen, dass es Ouwe so schlecht ging. Aber sie würde ihm helfen, so gut sie konnte. Sie mochte den alten Schiffskoch. Und es war beruhigend, einen Verbündeten zu haben. Zumal, wenn man sich auf einem Piratenschiff befand.

Klaus Störtebeker und die Likedeeler

Likedeeler (Gleichteiler) nannten sich die Piraten, die um das Jahr 1400 herum die Nord- und Ostsee unsicher machten. Sie teilten nämlich ihre Beute gleichmäßig auf alle Mitglieder der Besatzung auf.

Einer ihrer berühmtesten Anführer, Klaus Störtebeker, wurde 1401 nach jahrelanger Verfolgung gefasst und in Hamburg geköpft. Der Legende nach war sein letzter Wunsch, dass diejenigen seiner Männer, an denen er ohne Kopf noch vorbeilaufen konnte, freigelassen werden. Weil Störtebeker jedoch auch kopflos noch bärenstark war, soll ihm der Henker schließlich einen Klotz vor die Füße geworfen haben.

Schwere Gedanken

Die Nacht verbrachten Jaike und Broder inmitten der schnarchenden Seemänner im Heck der Rosenboom. Dicht nebeneinander lagen sie auf zwei großen Ballen im hinteren Laderaum. Broder hatte den Arm um Jaike gelegt.

»Ich pass gut auf dich auf«, raunte er ihr ins Ohr.

Jaike grinste. Sie kannte Broder. Er war froh, in ihrer Nähe sein zu dürfen. Oft träumte er schlecht und wurde erst dann ruhig, wenn sie ihn fest an sich drückte.

Als die Männer um sie herum schliefen, erzählte Jaike Broder, was sie von Ouwe über Rasmus Rohlfs erfahren hatte.

»Stell dir vor«, sagte sie und bekam eine Gänsehaut bei ihren eigenen Worten, »Rasmus hat sicher viele Menschenleben auf dem Gewissen. Aber uns hat er jetzt das Leben gerettet.«

Eine Weile noch lagen die beiden Kinder wach und dachten über all das nach, was sie erfahren hatten. Es war nicht leicht zu verstehen, was Recht und was Unrecht war. Natürlich war es gottlos, Schiffe zu plündern und Menschen zu töten. Aber war es denn rechtens, dass die Hansekaufleute in Hamburg, Wismar oder Lübeck immer reicher wurden und die einfachen Menschen an der Küste trotz harter Arbeit Hunger litten? Und hieß es nicht, die Likedeeler würden die geraubte Ware auf den Märkten in Friesland nicht nur verkaufen, sondern manches auch an die Armen verteilen?

Broder musste an den alten Pidder denken, der Irrlichter gesetzt hatte, um Schiffe zum Kentern zu bringen, damit er an ihre Ladung kam. Piratenschiffe waren darunter gewesen, genauso wie Schiffe der Hanse. Aber auch an Gerhard dachte Broder. Das war also der Sohn des Grafen, des mächtigsten Mannes in Friesland. Und jetzt saß dieser vornehme Grafensohn im Bauch eines Piratenschiffes und war schlechter dran als er, der Waisenjunge aus Rantum.

Und über all diese schwierigen Gedanken schlief Broder, erschöpft von dem langen Tag, endlich ein.

Jaike jedoch fand durch das dröhnende Schnarchen um sie herum keine Ruhe. Oder war es die Angst, was aus ihr und Broder werden sollte, die sie nicht schlafen ließ?

Schließlich schob sie Broders Arm zur Seite und

stand auf. Im Stockfinstern tastete sie sich durch den Laderaum. Der Seegang war wieder kräftiger geworden. Ohne auch nur einen Schatten oder Umriss ihrer Umgebung erkennen zu können, war es schwer, sich auf dem schwankenden Schiff zu bewegen.

Und so holte sie sich einige blaue Flecken, bevor sie im Bug der Rosenboom ankam. An den regelmäßigen Atemzügen erkannte sie, dass Gerhard schlief. Aber sie brauchte sich nur einmal zu räuspern, da war er auch schon wach. Sie hörte, wie er erschrocken den Atem anhielt.

»Keine Angst. Ich bin's. Jaike«, sagte sie leise.

»Ach, du!« Gerhard seufzte erleichtert. »Immer wenn jemand kommt, denke ich, jetzt holen sie mich.«

Jaike ließ sich neben ihm auf dem Boden nieder. »Was wollen die denn von dir?«, fragte sie.

Gerhard schwieg eine Weile. Er musste seine Gedanken sammeln. So viele Tage hockte er hier nun schon alleine unter Deck, dass ihm das Reden schwerfiel.

»Der Kapitän hält mich als Geisel, bis mein Vater wiederkommt. Wenn er nicht spätestens in vier Tagen mit dem Geld da ist, werde ich getötet.«

Jaike biss sich auf die Unterlippe. »Aber das können sie doch nicht machen!«, rief sie.

»Psst, nicht so laut«, ermahnte sie Gerhard. »Natürlich können sie das machen. Sie haben unser Schiff überfallen, die Hälfte der Mannschaft ist dabei ums Leben gekommen.«

Jaike hielt den Atem an. »Und dann?«

»Dann haben sie festgestellt, dass nur Fässer mit gesalzenem Fisch an Bord waren und keine großen Schätze. Da haben sie das Schiff versenkt. Meinen Vater haben sie mit dem Rest der Mannschaft in ein Beiboot gesetzt, damit er einen ordentlichen Batzen Gold besorgt. Und mich haben sie als Geisel hierbehalten.«

Jaike ballte die Faust. Es gab keinen Zweifel: Sie waren auf einem Piratenschiff gelandet. Ein Menschenleben zählte hier nur so lange, wie es zu etwas zu gebrauchen war.

Das Herz wurde ihr plötzlich schwer. War es nicht überall so? Wer nicht arbeiten konnte, der musste zusehen, wo er blieb. Wer alt oder schwach war, der lebte nicht lange. Nur bei den Edelleuten, da war es anders. Die arbeiteten nicht und es ging ihnen trotzdem gut.

Doch dann hörte Jaike wieder Gerhards leises

Seufzen und er tat ihr einfach nur leid wie jeder andere Mensch, der in Not war.

»Seit mehr als drei Wochen warten wir hier südlich der Inseln nun auf ein Schiff meines Vaters. Aber er kommt nicht!«, klagte er. »Vielleicht ist das Beiboot gekentert und er hat das Land nie erreicht.«

Jaike dachte nach. Vor drei, vier Wochen, da war die See ruhig gewesen. Eine ungewöhnlich lange Zeit hatte es mildes Herbstwetter gegeben, bis dann vor zwei Tagen der Sturm einsetzte.

»Sie müssten es bis zum Festland geschafft haben«, sagte Jaike. »Aber dein Vater braucht doch Zeit, um das Gold und ein neues Schiff zu besorgen. Er kommt bestimmt bald. Mach dir keine Sorgen«, versuchte sie, Gerhard zu beruhigen. Sie tastete im Dunkeln nach seiner Hand. Wie schrecklich musste es sein, so ganz alleine hier unten. Sie war noch nie in ihrem Leben alleine gewesen. Immer waren da ihre Mutter, ihre Verwandten, die anderen Leute aus dem Dorf gewesen. Und Broder.

»Ich geh jetzt zurück«, sagte sie und stand auf. Dann hielt sie noch mal inne. »Hast du genug zu essen?«

»Ja, das hab ich«, erklang Gerhards Stimme. »Sie behandeln mich wirklich nicht schlecht. Ich darf auch immer wieder mal an Deck, um ein paar Schritte zu gehen.«

»Halte durch«, flüsterte Jaike. »Du siehst deinen Vater bestimmt bald wieder.«

Dann schlich sie zurück zu ihrem Schlafplatz. Dem jungen Grafen würde sicher geholfen werden. Aber was würde aus ihr und Broder werden? Ob die Piraten sie gehen lassen würden, wenn das Schiff des Grafen sie mitnähme? Und würde so ein großer Herr überhaupt zwei mittellose Kinder an Bord nehmen? Vielleicht hatte ja der Graf vom Amtmann aus Tondern gehört, dass die Leute aus Rantum alle Strandräuber und Taugenichtse waren?

Die Gedanken kreisten immer noch in Jaikes Kopf wie ein Mühlrad, als sie schon längst wieder zwischen den schlafenden Seemännern lag.

Was war die Hanse?

Der Handel mit fernen Ländern war im Mittelalter eine abenteuerliche Sache. Um sich gegenseitig zu helfen, schlossen sich die deutschen Kaufleute im 11. und 12. Jahrhundert zu Bündnissen zusammen. Sie bauten in der Fremde gemeinsame Lagerräume und Verkaufsstätten auf, sogenannte Kontore. Und auch gegen Seeräuber gingen sie gemeinsam vor. Aus diesen Kaufmannsbündnissen entwickelte sich die Deutsche Hanse. Um das Jahr 1400 gehörten ihr rund 80 Städte an.

Als 1389 die dänische Königin das schwedische Stockholm besetzen ließ, wollten die Hansestädte Stockholm unterstützen, denn auch dort hatten sie ein wichtiges Kontor. Sie schickten Piraten los, um Lebensmittel in die belagerte Stadt zu bringen und dänische Schiffe zu überfallen. Dass sie dadurch schuld an der Piraterie waren, störte die Hansekaufleute nicht. Sie kauften den Piraten das Diebesgut ab und verdienten gut daran.

LÜBECK
BREMEN
STRALSUND
ROSTOCK

List und Tücke

Am nächsten Morgen gab es viel zu tun. Broder wurde vom Steuermann wieder hinauf in die Takelage geschickt, um sich den zerschlissenen Segeln und gerissenen Tauen zu widmen.

»Es geht so langsam voran mit dem Ausbessern«, sagte er zu Jaike, als sie gemeinsam an Deck gingen. »Warum hat Rasmus nicht die Seeleute des gekaperten Schiffes an Bord genommen, damit die für ihn arbeiten? Ich meine die, die den Angriff überlebt haben.«

Jaike runzelte die Stirn. »Er hat wohl befürchtet, dass er mit seinen paar Piraten die fremden Seemänner nicht in Schach halten kann. Da hat er sie lieber dem Grafen mitgegeben. Der wird ja das Beiboot nicht eigenhändig gerudert haben.« Sie dachte an die schmalen, kraftlosen Hände des jungen Grafen.

Dann lief sie zu Ouwe hinüber, der schon in der Tür des Achterkastells lehnte, sein Arm immer noch in der Schlinge eines schmutzigen Tuchs. Wie grau er im Gesicht war! Die Haut über seinem struppigen Bart hatte die Farbe von hellem Schiefer und seine Augen glühten fiebrig. Ihr Blick wanderte zu dem Kapitän, der neben dem Steuermann an dem langen, blank polierten Steuerhebel stand. War ihm noch nicht aufgefallen, dass sein Koch hohes Fieber hatte?

»Setz dich hin, Ouwe.« Jaike schob den Alten ins Kastell hinein, wo sich der Koch ächzend auf dem Boden niederließ.

»Du musst viel Wasser trinken.« Sie füllte einen Becher mit dem Frischwasser, das die Rosenboom geladen hatte, und reichte ihn Ouwe. Dann begann sie, das Frühstück für die Seeleute zu machen, die schon seit Stunden an der Arbeit waren.

»Wir brauchen neue Vorräte«, sagte Ouwe mit matter Stimme. »Wenn wir nicht bald …«

Jaike unterbrach ihn. »Schnell, steh auf! Der Kapitän kommt.« Sie wollte dem Alten auf die Beine helfen. Doch er schaffte es nicht hoch und blieb auf den Knien am Boden hocken. Geistesgegenwärtig leerte Jaike einen Topf mit getrockneten Bohnen vor ihm aus. Ouwe begriff. Als der Kapitän in der Tür stand, beugte sich der Koch über die Decksplanken und las die Bohnen auf. Sein Gesicht war für den Kapitän nicht zu sehen.

»Was kriechst du da rum, Ouwe?«, fragte er. »Lass das doch das Mädchen tun.«

»Die macht die Drecksarbeit«, antwortete Ouwe. Er deutete mit dem Kinn Richtung Jaike, die mit einem Holzschaber den Kochtopf sauber kratzte.

Der Kapitän sagte nichts. Ein paar Sekunden lang beobachtete er stumm die Szene. Jaike hätte gerne aufgeschaut, um den berühmten Rasmus Rohlfs näher zu betrachten, aber sie traute sich nicht. Lieber so unauffällig wie möglich bleiben.

»Alles in Ordnung, Ouwe?«, fragte der Kapitän. Es klang wie eine Drohung. Ohne eine Antwort abzuwarten, ging er wieder zum Steuermann hinüber.

Jaike sah ihm nach. Die beiden standen jetzt direkt unter dem Mast, in dessen Takelage Broder herumturnte. Der Kapitän sprach mit dem Steuermann und sie hätte gerne gewusst, worüber. Ob Broder die beiden verstehen konnte? Sicher war er doch genauso neugierig wie sie selbst …

Natürlich war er das. Als Broder mitbekam, dass der Kapitän und sein langer rothaariger Steuermann mit ernster Miene miteinander redeten, kletterte er ein Stück den Mast hinunter. Gerade so weit, dass die Männer den Jungen über ihren Köpfen nicht bemerkten. Er nahm sich ein Stück Tau und drehte es auseinander. So sah es zumindest von Weitem aus, als arbeitete er.

»Wenn der Alte nicht kommt, haben wir nichts, rein gar nichts von der ganzen verdammten Aktion«, hörte er den Steuermann fluchen.

»Ja«, sagte der Kapitän. »Wir sind betrogen worden. Dafür, dass wir den Grafen und sein Söhnchen über die Klinge springen lassen, sollten wir das Gold und die Edelsteine kriegen, die der Graf an Bord hatte. Aber da war kein Gold! Nichts als ein paar Fässer mit stinkendem Fisch! Wir hätten uns gar nicht erst auf diesen Auftrag einlassen sollen.«

Der Steuermann lachte ein raues Lachen. »Wie gut, dass wir die beiden am Leben gelassen haben. So kriegen wir vielleicht doch noch unseren Lohn.« Sein Blick ging hinaus auf die See. »Wenn er denn zurückkommt, der Graf von Holstein.«

Eine Weile schwiegen beide Männer. Dann ergriff der Steuermann wieder das Wort. »Es ist verdammt schwer, Kurs zu halten in diesen Gewässern. Ständig weht Westwind und treibt uns auf die Küste zu. Und bei diesen vielen Sandbänken hier muss man höllisch aufpassen. Vielleicht haben wir den Punkt verpasst, wo wir das Schiff des Grafen treffen wollten. Ich glaube, wir sind zu weit südöstlich gelandet.«

Spiel mit dem Feuer

War es klug von den Hansestädten gewesen, gemeinsame Sache mit den Piraten zu machen? Die Likedeeler wurden immer mächtiger und plünderten bald nicht nur dänische Schiffe, sondern genauso auch die Schiffe der Hanse. Ab 1392 entwickelten sie sich zu allseits gefürchteten Piraten, die vor allem dem Seehandel mit England großen Schaden zufügten. Nun setzten die Hansestädte alles daran, ihre früheren Verbündeten zu jagen.

Im Jahr 1400 sandte Hamburg eine mächtige Flotte aus, darunter die größte und modernste Kogge der damaligen Zeit, die »Bunte Kuh«. Die Anführer der Likedeeler, Klaus Störtebeker und Gödeke Michels, wurden mit ihren Mannschaften gefangen genommen und hingerichtet.

Der Kapitän schlug seinem Steuermann auf die Schulter. »Wenn hier jemand seinen Weg findet, dann bist du das, Olaf. Niemand kennt die Küste so gut wie du. Du weißt doch von jedem Quadratmeter Meeresboden, wie tief er ist und wie er aussieht.«

Der Steuermann sah sich um. »Also dann, an die Arbeit. Wo ist denn der Junge? Er soll mir helfen, den Boden auszuloten.«

Broder erschrak. Hoffentlich bemerkten die beiden nicht, dass er ihr Gespräch belauscht hatte. Leise kletterte er den Mast ein Stückchen höher. Im selben Moment hatte ihn der Steuermann auch schon entdeckt. »Hey du, Landratte, komm runter. Es gibt was zu tun«, rief er.

Als Broder neben ihm stand, zeigte ihm der Steuermann, wie er das Lot mit Wachs versehen und dann ins Wasser versenken musste. Broder lernte die Handgriffe schnell. Aber er begriff nicht, wie der Steuermann daran, wie tief das Lot sank, wissen konnte, wo er sich befand.

»Ich fahre ja nicht das erste Mal hier längs«, erklärte ihm Olaf und es klang Stolz in seiner Stimme mit. »Und ich bin auch nicht der Erste, der diese Gegend durchkreuzt. Schon die Wikinger haben sich weitererzählt, wo hier die Untiefen sind. Und dieses Wissen gibt jeder Steuermann weiter, wenn er ein ehrenwerter Mann ist.«

Broder versuchte, keine Miene zu verziehen. Ein ehrenwerter Mann, hatte Olaf gesagt. Und dabei war er doch Pirat. Aber die Seeräuber hatten wohl ihre eigene Ehre.

»Und was soll das Wachs unten am Lot?«

»Damit holen wir ein bisschen was vom Meeresboden hoch. Wenn feiner, rötlicher Sand dranklebt, dann sind wir richtig.« Olaf musterte den Himmel. »Wenn wir Glück haben, ist es heute Nacht sternenklar. Dann kann ich unsere Position genau bestimmen. Du kannst dabei sein, wenn du willst.«

Jetzt nahm Broder seinen ganzen Mut zusammen. »Warum bringst du mir all diese Dinge bei?«, fragte er.

Der Steuermann sah ihm fest in die Augen. »Warum ich das tue?« Für einen Moment zögerte er. Dann sprach er weiter. »Weil ich dich beobachtet habe und weil ich sehe, dass du ein mutiger und kräftiger Junge bist. Einer, der das Meer und den Wind liebt.« Er wandte den Blick nicht von Broder ab. Als er weitersprach, setzte er jedes Wort bedächtig hinter das andere. »Weil ich glaube, dass du ein tüchtiger Pirat werden könntest. Ein Likedeeler. Einer von uns.«

Broders Herz schlug schneller. Die Worte des Steuermanns erschreckten ihn und machten ihn gleichzeitig stolz. Er, Broder Gonnson aus Rantum – er sollte ein Likedeeler werden, ein richtiger Pirat? Was wohl Jaike dazu sagen würde?

Geheime Pläne

Zum ersten Mal in seinem Leben hatte Broder ein Geheimnis vor Jaike. Er erzählte ihr zwar von dem rätselhaften Auftraggeber, der die Piraten zu dem Überfall auf das Grafenschiff angestiftet haben sollte. Aber dass der Steuermann ihn für das Piratenleben gewinnen wollte, verschwieg er ihr.

Wenn er in der Takelage herumkletterte oder hoch oben im Krähennest stand, um auszugucken, dann jubelte er innerlich. Ein Leben auf See! Voller Abenteuer und Gefahren! Das war doch etwas anderes als Torfstechen und Salzsieden oder die harte Arbeit eines Fischers.

Aber wenn er nachts neben Jaike lag, kamen ihm Bedenken. Konnte er Pirat sein und trotzdem Jaikes Freund bleiben?

Die größten Zweifel aber hatte er, wenn er mit ihr zusammen unten bei dem armen Gerhard hockte. Denn auch das gehörte zum Piratenleben: rauben, töten, Geiseln nehmen – auch wenn sie erst dreizehn Jahre alt waren und schreckliche Angst hatten.

Die Nacht vor dem vierten Tag war gekommen. Der letzte Tag, den Rasmus noch auf das Schiff des Grafen warten wollte. Wie jede Nacht schlichen sich Broder und Jaike zu Gerhard, um ihm Trost zu spenden. Der Junge war völlig mutlos.

»Vater lebt nicht mehr«, sagte er leise. »Er würde mich nie im Leben im Stich lassen. Bestimmt ist er ertrunken.«

»Der Kapitän hat davon gesprochen, dass er den Auftrag hatte, deinen Vater und dich zu töten«, sagte Broder, obwohl ihm die Worte schwerfielen.

Gerhard zuckte zusammen. »Aber dann bin ich doch verloren!«

Broder schüttelte den Kopf. »Ich glaube, Rasmus verfolgt seinen eigenen Plan.« Er räusperte sich. »Die Sonne geht bald auf. Ich steige hinauf in den Ausguck. Vielleicht entdecke ich ja etwas.«

Und schon schlich er sich davon, ohne auf Jaike zu warten. Er wollte etwas tun. Etwas, was dem verzweifelten Jungen half.

»Von der Elbmündung her muss ein Schiff auftauchen. Du wirst es gut erkennen können. Es trägt eine hellgrüne Fahne«, hatte ihm Olaf, der Steuermann, eingeschärft.

So saß Broder nun beim ersten Morgengrauen im

Krähennest und starrte auf das Wasser, als könne er den Grafen herbeigucken. Auch als Jaike die Männer zum Frühstück rief, kam er nicht herunter. Wenn nun das Grafenschiff vorbeisegelte und niemand es bemerkte, weil alle mit ihren gesalzenen Heringen beschäftigt waren?

Es war fast so, als wollte Broder sich jetzt schon durch seine Anstrengung von der Schuld reinwaschen, die er später einmal als Likedeeler auf sich laden würde.

Doch es half nichts. Der Tag verging, der Abend kam, die Sonne ging unter. Sie hatten ein paar Handelsschiffe am Horizont gesehen, die im flauen Wind kaum vorankamen. Aber auf keinem hatte die Fahne des Grafen geweht. Er war wieder nicht gekommen.

Mit schwerem Herzen schrubbte Jaike die vom Abendessen schmutzigen Töpfe. Ob Rasmus in dieser Nacht Gerhard wirklich über Bord werfen würde?

»Kopf hoch, Mädchen«, sagte Ouwe, als sie ihm einen frischen Verband um seine verkrustete Wunde machte. »Vielleicht ändert Rasmus seinen Plan und wartet noch etwas länger.«

»Wartet er auch auf einen neuen Kaperbrief?«, fragte Jaike in der Hoffnung, etwas über den geheimnisvollen Auftraggeber zu erfahren.

Ouwe hob verwundert die Augenbrauen. »Ein Kaperbrief? Wie kommst du denn darauf?« An Jaikes Gesichtsausdruck erkannte er, dass sie gar nicht recht wusste, was so ein Brief eigentlich war.

In diesem Moment kam Broder angerannt. »Eine gute Nachricht«, rief er atemlos. »Ich habe gerade gehört, dass der Kapitän doch noch ein paar Tage warten will!«

Jaike seufzte erleichtert.

Aber Ouwe schüttelte den Kopf. »Er wartet, weil im Moment eh kein Wind weht. Der alte Graf kommt nicht mehr. Der Junge hat nur ein paar Tage Aufschub bekommen. Das ist alles. Und jetzt seht zu, dass ihr eine Mütze voll Schlaf kriegt. Das Schicksal anderer Menschen kann man sowieso nicht ändern.«

In dieser Nacht gingen Jaike und Broder nicht hinunter in den stickigen Laderaum. Der Kapitän hatte ihnen erlaubt, an Deck zu schlafen.

Sterne sah man keine. Eine graue, undurchdringliche Wolkenmasse bedeckte den Himmel. Die Kinder lagen unter ihren Fellen und lauschten auf das Plätschern der Wellen. Broder gab sich einen Ruck.

»Jaike«, sagte er. »Ich könnte hierbleiben. Ich könnte von Olaf alles über die Seefahrt lernen. Sie würden mich in die Mannschaft aufnehmen.«

Jaike richtete sich auf und sah Broder in die Augen. »Du meinst, als Pirat?«

Broder nickte. Jaike schwieg eine Weile. Als sie weitersprach, klang ihre Stimme hart. »Dann wärst du mit schuld, wenn sie Gerhard töten. Und Ouwe. Sein Fieber wird wieder steigen, da bin ich mir sicher. Du kannst ja mit anpacken, wenn sie ihn über Bord werfen.«

Broder seufzte tief. In ihm kämpften die verschiedenen Gefühle und Gedanken miteinander. »Ouwe hat es doch selbst gesagt. Wir können das alles sowieso nicht verhindern«, meinte er schließlich mit trotziger Stimme.

Da packte ihn Jaike an der Schulter. »Broder!«, sagte sie langsam und eindringlich. »Ich will nicht, dass du zu denen gehörst! Ich weiß, dass du mutig bist und ein geschickter Seefahrer werden könntest. Aber nicht mit denen! Da verschreibst du deine Seele dem Teufel!«

Und plötzlich kam ihr ein Gedanke, ein verwegener Plan, der genauso Mut und Geschicklichkeit erforderte wie das Piratenleben. Es war ein Plan, der ein großes Opfer von Broder und Jaike forderte.

Doch Broder willigte ein.

Piratenüberfall auf Bestellung

Zu allen Zeiten gab es Piraten, die einfach drauflosraubten. Seit dem 12. Jahrhundert jedoch gab es auch Seeräuberei, die extra von Herrschern in Auftrag gegeben wurde: In Kriegszeiten stellten Könige und Fürsten – aber auch Städtebünde wie die Hanse – manchen Kapitänen sogenannte Kaperbriefe aus. Mit diesen Urkunden gaben sie ihnen das Recht, feindliche Schiffe zu plündern. Das war für die Herrscher einfacher und billiger, als extra Kriegsschiffe zu bauen. Die Piraten mussten einen Teil der Beute an ihre Auftraggeber abgeben.

KAPERBRIEF
(VON FRIESISCH „KAPER"=
„KAUF")

Hurra, es stinkt!

Es war dunkel auf dem Schiff. Nur die Positionslaternen gaben etwas Licht. Angespannt warteten die Kinder darauf, dass der Himmel doch noch aufriss. Ohne die Hilfe der Sterne würden sie es nicht schaffen.

Sie mussten nicht allzu lange warten. Noch vor dem Morgengrauen hatten sich die Wolken verflüchtigt und ein strahlender Sternenhimmel war zu sehen.

Broder stieß Jaike, die eingenickt war, mit dem Ellenbogen an. »Es geht los«, sagte er leise und warf einen prüfenden Blick zum Ausguck hoch.

Der Wachtposten oben im Krähennest schien eingeschlafen zu sein. Die vielen ereignislosen Tage und Nächte an Bord der Rosenboom hatten ihn wohl unvorsichtig werden lassen.

Und so merkte er nicht, wie zwei flinke Gestalten zum Beiboot huschten, die Leinen lösten und es vorsichtig zu Wasser ließen. Mit einem Platscher landete es auf den sanften Wellen der Westsee.

»Oje«, flüsterte Jaike. »Hoffentlich hat das keiner mitbekommen.«

Sie lauschten in die Nacht hinein. So still war es, dass man das Schnarchen aus dem Krähennest hören konnte.

Dann ruderten sie los.

Schon bald war das große dunkle Schiff nicht mehr zu sehen. Wenn die Sonne aufging, waren sie auf jeden Fall so weit fort von der Rosenboom, dass niemand sie mehr verfolgen würde. Wozu auch? Um einen verhinderten Piratenlehrling und eine Köchin einzufangen? Für sie bezahlte ja niemand ein dickes Lösegeld.

Als der Morgen dämmerte, gönnten sie sich die erste Pause. Sie tranken etwas Wasser aus dem Krug und aßen ein Stück getrocknetes Brot. Am Stand der Sonne erkannte Broder, dass sie wohl den richtigen Kurs eingehalten hatten.

»Wie lange, glaubst du, brauchen wir noch bis Sylt?«, fragte Jaike.

»Ich weiß nicht, wie weit wir von der Insel entfernt sind«, antwortete Broder. »Aber im Moment haben wir etwas Rückenwind. Da kommen wir gut voran.« Er dachte nach. »Vielleicht sind wir heute Abend schon da«, sagte er zögerlich.

Die Hilfe der Sterne

Bevor es genaue Seekarten, Kompasse und Sextanten gab, orientierten sich die Seeleute an Strömungen und Untiefen im Meer, an dem Auftauchen bestimmter Vogelarten, an den Gezeiten und am Wind. Das wichtigste Hilfsmittel für die Navigation – das heißt, den richtigen Kurs zu fahren – waren jedoch die Sterne. Auf der nördlichen Halbkugel waren das neben Sonne und Mond vor allem der Polarstern. Weil er sich in der Verlängerung

der Erdachse über dem Nordpol befindet, weist er immer nach Norden. Sein Abstand zum Horizont zeigte den Steuermännern, auf welchem Breitengrad sie sich befanden.

Will man den Nordstern finden, so kann man sich am Sternbild des Großen Wagens orientieren, in dessen Nähe er stets zu sehen ist.

»Hoffentlich«, meinte Jaike und griff wieder nach ihrem Ruder.

Sie redeten nicht viel während ihrer langen Fahrt. Die Sonne stieg höher und Jaike und Broder schwitzten vor Anstrengung. Das Schlimmste aber war, dass Jaike von Zweifeln gequält wurde. War es richtig, was sie taten? Hatte sie Broder nicht zu etwas überredet, was er später bitter bereuen würde? Nicht nur sein wildes und freies Piratenleben sollte er opfern, sondern auch seinen Traum vom großen Reichtum!

Denn das war Jaikes Plan: Sie wollten zu Tades Eiland fahren und den Schatz bergen. Ihren Schatz! Mit den goldenen Talern wollten sie Gerhard und den kranken Ouwe auslösen. Die Piraten sollten die beiden leben lassen und dann endlich ihres Weges ziehen.

Ihr blieb nichts anderes übrig, als so zu handeln. Einfach zusehen, wie jemand ins Verderben geschickt wurde. *Wir können ja doch nichts machen …* Nein, das war noch nie ihre Einstellung gewesen. Man musste es jedenfalls versuchen!

Und so ruderten die beiden, bis sie vor Erschöpfung die Arme sinken lassen mussten. Von den Inseln war noch nichts zu sehen.

Broder wischte sich den Schweiß von der Stirn.

Er schaute besorgt in Richtung Westen. »Es zieht Nebel auf«, sagte er.

»Nebel?«, rief Jaike erschrocken. »Wie sollen wir denn da den richtigen Kurs halten?« Sie hob den halb leeren Krug. »Unser Wasser reicht höchstens noch bis morgen.«

Es dauerte keine halbe Stunde, dann waren sie in milchiges Grau gehüllt. Eine Weile war die Sonne noch zu erahnen und gab ihnen Orientierung. Doch bald war um sie herum nichts anderes als das unendliche Meer und der Nebel. Broder zog sein Ruder ins Boot.

»Es hat keinen Sinn«, sagte er. »Es ist besser, wenn wir unsere Kräfte schonen.«

Während sie in dem grauen Dunst vor sich hin dümpelten, verloren sie jedes Gefühl für Zeit und Raum. Wie lange waren sie jetzt schon unterwegs? Wie weit mochten sie abgetrieben sein? Mindestens zwei Stunden war noch Flut und Broder rechnete damit, dass sie immerhin nicht aufs offene Meer gezogen wurden – falls es keine starken Strömungen gab.

Der Nebel und die feuchte Kälte, die ihnen bis in die Knochen drang, machten sie mutlos. Sie rückten dicht aneinander, um sich zu wärmen und zu trösten. Vielleicht sollten sie doch lieber wieder rudern, um warm zu werden?

Plötzlich hob Broder den Kopf.

»Was ist?«, fragte Jaike. »Hast du etwas gesehen?«

»Nein.« Broder sog die Luft kräftig durch die Nase ein. »Aber gerochen! Merkst du es nicht?«

Jaike schnupperte ebenfalls. Ja, Broder hatte recht! In die salzige Meeresluft hatte sich ein Geruch gemischt, der ihr bekannt vorkam. Was war das?

Broders Gesicht leuchtete. »Die Torffeuer!«, rief er. »Wir müssen in der Nähe der Inseln sein …« Mit ausgestrecktem Arm deutete er nach links. »Von dort kommt der Geruch. Dort müssen wir hin!« Er packte sein Ruder und stieß es in die Wellen. »Was für ein Glück! Ach, ich liebe den stinkigen Torf!«

In letzter Sekunde

Das Glück blieb ihnen treu. Sie landeten nicht auf irgendeiner der vielen kleinen Inseln vor der Küste, sondern an der Nordspitze von Amrum. Von dort aus war es nur ein Klacks nach Sylt hinüber. Und als sie an der lang gestreckten Sylter Küste hochfuhren, da klarte es auch noch auf.

»Gott ist mit uns«, sagte Jaike. Sie lächelte. War das nicht ein Beweis dafür, dass sie den richtigen Entschluss gefasst hatten?

Broder war stolz, den richtigen Kurs gehalten zu haben. Und er freute sich so, die Heimat wiederzusehen, dass er ganz übermütig war. »Am liebsten würde ich den ollen Pidder erschrecken und so tun, als ob wir direkt aus Ekke Nekkepenns Meerespalast aufgestiegen sind«, sagte er. »Der wird Augen machen. Es denken doch alle, dass wir im Sturm ertrunken sind.«

Jaike kräuselte die Stirn. »Wir haben keine Zeit für Pidder. Und auch Mutter muss warten. Wenn wir erst mal an Land gehen, lassen sie uns bestimmt nicht wieder ziehen. Nein, wir müssen sofort zu Tades Eiland.«

Als sie auf der Höhe des Strands von Rantum waren, hielten sie nach der Sandbank Ausschau. Mittlerweile war Ebbe und so entdeckten sie bald, wonach sie suchten.

»Da ist es!«, rief Jaike. »Die Truhe ist natürlich längst nicht mehr da.«

So schnell sie es mit ihren müden Armen konnten, ruderten sie auf die Sandbank zu und sprangen an Land.

Broder stemmte die Fäuste in die Seiten. »Wo sollen wir jetzt graben?«, fragte er.

Jaike musterte die Sandbank und ging dann entschlossen auf die Stelle zu, die ihr am wahrscheinlichsten erschien. »Ich grabe hier und du einen Meter weiter links«, beschloss sie.

Und so buddelten sie mit den nackten Händen. Sie gruben und schaufelten und durchwühlten den Sand. Längst war die Sonne untergegangen und ein blasser Mond stand am Himmel. Das Meer um sie herum begann allmählich zu steigen.

»Die Flut kommt«, sagte Broder. »Wir müssen uns beeilen.«

Im selben Moment stieß Jaike einen Freudenschrei aus. »Hier ist es! Ich hab den Dolch gefunden!« Sie begann wie ein Hund zu graben, sodass der Sand nur so spritzte.

Wenig später lag alles vor ihnen: der wunderschöne Spiegel, der silberne Dolch mit dem Elfenbeingriff und das Säckchen mit den Goldtalern. Ehrfürchtig betrachteten sie ihre Schätze.

»Sieh nur«, sagte Broder und strich mit dem Finger über den Griff des Dolches. »Das Wappen …« Es waren zwei verschlungene Buchstaben zu sehen. Und obwohl Broder nicht lesen konnte, erkannte er diese beiden Zeichen.

»Zweimal H … wie in Hörnum«, murmelte er.

Jaike nahm ihm den Dolch aus der Hand. »Oder H … wie in Heinrich von Holstein …«

Broder schlug sich mit der flachen Hand gegen die Stirn. »Die Kiste! Sie stammt von dem Schiff des Grafen! Deshalb haben die Piraten kein Gold auf dem Schiff gefunden. Die Männer des Grafen müssen die Kiste ins Meer geworfen haben, als die Piraten kamen.«

Jaike ließ sich erschöpft in den Sand fallen. »Wenn sie das nicht getan hätten, wären Gerhard und sein Vater getötet worden. Die Piraten hätten dann ja ihren Lohn gehabt.«

Broder zog sie am Arm. »Komm, wir müssen uns beeilen. Es wird verdammt schwer werden, alles wieder zurückzurudern. Und wer weiß, wie lange Rasmus noch warten wird.«

Jaike schaute sehnsüchtig zur Insel, wo der Kirchturm von Rantum zu sehen war. »Ich würde gerne Mutter sagen, dass es mir gut geht.« Sie stand auf. »Aber du hast recht. Wir sollten uns beeilen.«

Und so legten sie ihre Schätze in Pidders Ruderboot und machten sich auf die lange und harte Fahrt zurück zur Rosenboom. Die Sterne wiesen ihnen den Weg. Und die Hoffnung, den Jungen im Bug der Rosenboom vielleicht retten zu können, gab ihnen frische Kraft. Aber als sie nach einer endlosen Nacht und einem mühevollen Tag am nächsten Abend die Silhouette des mächtigen Holks am Horizont sahen, da weinten beide vor Erschöpfung. Mit letzter Kraft, hungrig und durstig, schafften sie es bis zur Rosenboom.

Die ganze Mannschaft stand an Deck und sah der Ankunft der Kinder in ihrem Ruderboot entgegen. Ouwe winkte ihnen mit seinem gesunden Arm zu. Auch Olaf hob die Hand zum Gruß. Und es schien Jaike und Broder, als ginge über das düstere Gesicht des Kapitäns ein ungläubiges Staunen.

Da riss Broder den Arm hoch. »Sieh nur, Jaike«, rief er. »Gerhard ist auch an Deck!« Er zeigte auf die kleine, schmächtige Gestalt neben dem Steuermann. »Sie wollen ihn über Bord werfen!«

Jaike lächelte unter Tränen. »Ich glaube, wir sind in letzter Sekunde gekommen, Broder!«

Wundersame Rettung

Sie hatten es tatsächlich geschafft! Genau an dem Abend, an dem Rasmus Rohlfs eisern entschlossen war, den Grafensohn ins Meer zu werfen, kamen sie dem Jungen zu Hilfe.

Als sie an Bord der Rosenboom dem Kapitän ihre Schätze vor die Füße legten, gab es niemanden, dem es nicht vor Staunen die Sprache verschlug.

»Hier, Herr Kapitän«, brach Jaike die Stille. »Hier ist das Lösegeld für Gerhard. Und hier …« Sie streckte Rasmus den Dolch entgegen, sodass dieser im ersten Moment zusammenzuckte, »… hier ist sogar der Dolch des Grafen von Holstein. Ihr habt alles, was ihr haben wolltet. Nun könnt ihr Gerhard die Freiheit geben.«

»Der stammt aus Vaters Truhe!«, entfuhr es Gerhard. »Aber die liegt doch auf dem Grund des Meeres!«

Rasmus nahm Jaike den Dolch aus der Hand und betrachtete ihn verwundert. Sein Blick wanderte über ihr sonnenverbranntes Gesicht, ihre vom Rudern blutigen Hände und ihren schäbigen nassen Leinenkittel.

»Wie habt ihr das gemacht?«, murmelte er. »Wo kommen die Sachen her?« Er sah zu Broder, als erwarte er von ihm eine Erklärung, die er verstehen konnte.

Da antwortete Broder, ohne nachzudenken: »Wir haben es von Ekke Nekkepenn bekommen, dem Gott des Meeres … Aus seinem Kristallpalast an der tiefsten Stelle der Westsee.«

Ein Raunen ging durch die Gruppe der Matrosen und einer der Männer bekreuzigte sich. Der Kapitän legte den Dolch auf den Boden, als befürchte er, die Waffe könnte verwunschen sein. Er wandte sich Gerhard zu und löste die eiserne Kette von seinem Fußgelenk.

»Du bist frei«, sagte er. Dann drehte er sich um und ging wortlos auf seine Kajüte zu.

Gerhard stakste zu Broder und Jaike hinüber, als suche er Schutz in ihrer Nähe. Jaike lächelte ihn an. Dann fiel ihr Blick auf Ouwe, der mit blassem Gesicht an der Reling lehnte. Wenn sie ihm helfen wollte, dann musste sie es jetzt tun, solange Rasmus noch unter dem Eindruck des Wunders stand, das er da gerade erlebt hatte.

»Halt!«, rief sie dem Kapitän hinterher, erschrocken über ihren eigenen Mut.

Rasmus drehte sich um. »Was willst du noch?«, fragte er. Eine Mischung aus Ärger und Angst schwang in seiner Stimme mit.

»Ich möchte, dass Ouwe mit uns kommt. Er ist verwundet und braucht Hilfe.«

Erstaunt sah der alte Schiffskoch auf. Rasmus musterte ihn kurz. »Wenn Ouwe sich mit euch Teufelsbrut einlassen will, soll er das tun«, antwortete er.

Als der Kapitän in seiner Kajüte verschwunden war, gab der Steuermann den Befehl, die Weiterfahrt vorzubereiten. Noch an diesem Abend wollten sie Richtung Schweden aufbrechen. Die Segel waren repariert, der Wind hatte aufgefrischt und die Männer waren begierig darauf, endlich wieder in See zu stechen.

Ein letztes Mal kletterte Broder hoch in die Takelage, um mitzuhelfen, die Rosenboom startklar zu machen. Sehnsüchtig sah er zu, wie der Holk seine drei Masten unter Segel nahm. Wie majestätisch sah das aus! Ein Dreimaster, der auf große Fahrt ging.

Jaike bekam mit, wie der Steuermann den Jungen beobachtete. Als Broder wieder an Deck stand, ging er zu ihm hinüber und sprach leise auf ihn ein. Doch Broder ließ sich nicht beirren. Der Entschluss, den er gefasst hatte, stand fest: Wenn die Rosenboom die Insel Sylt passierte, würden sie von Bord gehen. Jaike, Gerhard, Ouwe und er.

Wenige Stunden später ruderten sie das kurze Stück nach Rantum hinüber. Mit jedem Ruderschlag wuchs der Abstand zwischen ihnen und dem Holk. Broder und Jaike konnten den Blick nicht von dem stolzen Schiff abwenden. Und auch Ouwe sah der Rosenboom lange hinterher.

Nur Gerhard verspürte nicht die geringste Wehmut, als der mächtige Dreimaster schließlich im Licht des Mondes am Horizont verschwand. Er hatte nur den Wunsch, nach Hause zu kommen. Ängstlich saß er in dem schaukelnden Beiboot, und erst als er den Boden der Insel Sylt unter den Füßen hatte, atmete er auf.

Ein glänzender Beweis

Der junge Graf war vom Strandvogt mit allen Ehren aufgenommen worden. Er hatte neue Kleider bekommen und ihm wurde sogar Wein statt Bier zum Essen serviert. Jeden Morgen aber, nach dem Frühstück beim Strandvogt, lief Gerhard zu Jaike und Broder hinüber. Die beiden Kinder hatten zum ersten Mal in ihrem Leben so etwas wie Ferien. Weil sie sich doch um den hohen Besuch kümmern mussten, waren sie von der Arbeit beim Torfstechen und Salzsieden befreit.

Auch Pidder hatte nichts dagegen, dass Broder ihm nicht beim Netzeflicken half. Er war einfach nur froh, dass der Junge wieder da war. »Düwel ouk«, sagte er zu Ouwe, der neben ihm am Strand saß. »Was die Kinners alles anstellen, wenn man sie mal allein aufs Meer lässt. Da kommen die, so mir nix, dir nix, mit dem Sohn unseres Grafen zurück!«

Jaikes Mutter war der Schreck, ihre Tochter beinahe an das Meer verloren zu haben, noch anzusehen. Immer wieder stand sie vor der Salzbude und schaute nach den drei Kindern, die stundenlang in den Dünen lagen und einfach nur in den Himmel schauten.

»Schön ist es hier bei euch«, sagte Gerhard. Er sah den bauchigen Wolken hinterher, die der Westwind zum Festland trieb. »Aber ich wünschte trotzdem, bald nach Hause zu kommen.« Ein tiefer Seufzer ging durch seinen Körper. »Auch wenn Vater nicht mehr lebt … Ob Mutter wohl schon Bescheid weiß, dass es mir gut geht?«

Broder setzte sich auf und ließ den feinen Sand durch seine Finger rieseln. »Der Bote ist ja gleich losgelaufen. Arwin braucht nur ein paar Stunden durch das Watt, um zum Festland zu kommen. Aber ob er dann gleich ein Fuhrwerk gefunden hat, das ihn zu eurer Burg mitgenommen hat …«

»Unsere Brieftauben wären längst schon da«, sagte Gerhard. »Sie bräuchten kaum mehr als eine Stunde, um von hier zur Burg zu fliegen.«

Jaike stieß ihn freundschaftlich mit dem Ellenbogen an. »Jetzt übertreibst du aber«, sagte sie.

»Nein«, antwortete Gerhard. »Sie schaffen fast sechzig Meilen in der Stunde.«

Broder lachte. »Aber leider hattest du keine Brieftaube in der Hosentasche, als dich die Piraten geschnappt haben. Also kannst du auch keine losschicken. Du wirst schon drauf vertrauen müssen, dass Arwin auch nicht gerade eine Schnecke ist.«

Gerhard setzte sich im Schneidersitz auf und schaute über das Meer Richtung Küste. »Sicher holt mein Onkel mich höchstpersönlich ab«, sagte er düster.

»Magst du ihn nicht?«, fragte Jaike.

»Er ist kein richtiger Onkel, sondern nur der Stiefbruder meines Vaters. Er mischt sich immer in alles ein. Am liebsten wäre er selbst der Herr auf Hohenholstein.« Gerhard legte sich wieder zurück in den Sand, um den Wolken zuzuschauen. »Na, egal. Hauptsache, es kommt überhaupt endlich jemand.«

Lange brauchte er nicht zu warten. Schon am nächsten Tag war ein Ewer zu sehen, der sich von Osten her auf Sylt zuschob. Es war ein kleines Schiff ohne Kiel, das im flachen Wasser vor den Inseln besser zurechtkam als die Koggen und Holks. An Deck des Schiffes stand ein Mann, der mit seinen roten, eng anliegenden Beinlingen und dem kurzen, weiten Umhang als vornehmer Herr zu erkennen war. Aufgeregt lief Gerhard am Hafen von Rantum auf und ab. Broder und Jaike wollten sich zurückziehen, doch er bat sie zu bleiben.

Jaike wischte sich die Hände am Kleid ab. »Ach, weißt du … so ein Graf …«

»Er ist kein Graf«, antwortete Gerhard fast schon trotzig.

»Aber ein Edelmann«, meinte auch Broder und sah misstrauisch zu, wie der Ewer am Holzsteg anlegte. Er mochte die feinen Herrschaften nicht. Und dieser Mann da, der sah noch viel hochmütiger aus als der Landvogt.

Aber Broder und Jaike brauchten keine Angst zu haben, dass der Herr von Oldenburg, wie Gerhards Onkel sich nannte, ihnen zu nahe kam. Er beachtete sie überhaupt nicht, sondern steuerte schnurstracks auf Gerhard zu.

»Mein lieber Neffe«, näselte er. »Was für ein Wunder, dass du diesen schrecklichen Überfall überlebt hast! Der Bote hat mir schon alles berichtet.«

»Habt Ihr etwas von meinem Vater gehört?«, fragte Gerhard bang.

Sein Onkel machte ein trauriges Gesicht. »Ach, dein armer Vater wird mit dem Boot gekentert sein. Wir haben nie wieder etwas von ihm gehört.« Er legte dem Jungen den Arm um die Schulter. »Und nun lass uns gehen.«

Doch er hatte die Rechnung ohne den Strandvogt

und den Landvogt gemacht, die beide gekommen waren, um den vornehmen Besuch in Empfang zu nehmen.

»Hochverehrter Herr von Oldenburg«, katzbuckelte der Strandvogt. »Was für eine Ehre, Euch hier begrüßen zu dürfen. Mein Haus liegt nur wenige Meter entfernt und meine Gemahlin hat den Tisch bereits gedeckt …«

Unwirsch wollte sich Gerhards Onkel von den beiden Vögten verabschieden. Doch da Gerhard bereits zum Haus des Strandvogts vorausgelaufen war, blieb ihm nicht viel anderes übrig, als mitzugehen.

»Nun denn, auf ein kleines Mittagsmahl …«, murmelte er mit säuerlicher Miene.

Broder und Jaike sahen den Herrschaften hinterher, die über die sandige Dorfstraße von Rantum trippelten.

»Na, das ist ja wirklich ein Geck«, kicherte Jaike. »Komm, wir schauen uns mal den Ewer an.«

Sie liefen zu dem Schiff hinüber, auf dem jetzt nur noch der Steuermann und ein Matrose verblieben waren. Der Matrose sprang zu ihnen an Land, um sich ein wenig die Zeit zu vertreiben. Er stammte selbst von der Insel Sylt und war neugierig, was der hohe Herr in Rantum wollte.

Natürlich waren die Kinder begierig, ihm die ganze Geschichte zu erzählen. Selbst der Steuermann spitzte die Ohren, als er von dem Piratenabenteuer hörte.

»Hört mal«, sagte er. »Wie kommt ihr darauf, dass das Boot, mit dem der Graf losgerudert ist, gekentert sein muss?«

»Weil weder er noch die Seeleute jemals irgendwo angekommen sind«, antwortete Broder.

»Vielleicht sind sie in den Mahlstrom von Ekke Nekkepenns Frau geraten«, meinte der Matrose.

»So ein Tünkram.« Broder grinste.

Der Steuermann schüttelte den Kopf. »Das Boot ist doch gar nicht gekentert«, sagte er. »Ich hab doch selbst einige der Matrosen gesprochen, die mit dem Grafen an Land gerudert sind. Die haben schon längst wieder woanders angeheuert.«

»Was?« Jaike und Broder sahen ihn erstaunt an. »Und der Graf?«

Jetzt zuckte der Steuermann die Schultern. »Von dem weiß ich nichts.«

Jaike zog Broder beiseite. »Da stimmt doch was nicht«, flüsterte sie. »Das müssen wir Gerhard erzählen!« Und schon rannten sie die Dorfstraße hoch, um zum Haus des Strandvogts zu gelangen.

Von Ekke Nekkepenn und anderen Sagengestalten

In der Sagenwelt der Friesen tummeln sich eine Menge Geister und Kobolde, die ihren Schabernack mit den Menschen treiben. Aufpassen muss man zum Beispiel vor den Onnerbänkes, den Unterirdischen. Das sind Zwerge, die in der Erde leben und die man besser nicht stören sollte.

Die bekannteste Sagengestalt auf Sylt ist der Meeresgott Ekke Nekkepenn. Es heißt, dass er mit seiner Gattin Ran auf dem Grund der See lebt. Und weil Ran unermüdlich Salz mahlt, ist das Meer auch so salzig. So manch ein Schiffer soll mit seinem Boot schon in den Mahlstrom geraten und nie wieder aufgetaucht sein.

Natürlich trauten sich die Kinder nicht, an der Tür des Vogts zu klopfen. Aber von der Gartenmauer aus konnten sie durch die niedrigen Fenster erkennen, wo die Gesellschaft sich aufhielt. Gerhard saß zum Glück mit dem Gesicht zum Fenster. Immer, wenn er in ihre Richtung schaute, versuchten sie, ihm ein Zeichen zu geben. Und schließlich schien er sie bemerkt zu haben. Wenig später kam er zum Tor hinaus. Noch ehe er eine Frage loswerden konnte, erzählten sie ihm, was sie erfahren hatten.

Gerhards Augen leuchteten. »Dann lebt mein Vater vielleicht doch noch! Das muss ich meinem Onkel erzählen!«

Er wollte wieder zum Haus zurück, doch plötzlich hielt er inne. »Irgendetwas ist da faul«, sagte er. »Ich glaube, mein Onkel weiß mehr, als er zugibt.« Mutlos ließ er den Kopf hängen. »Ich will nicht mit ihm fahren«, seufzte er. »Ich habe ein ganz schlechtes Gefühl.«

Jaike strich ihm über den Arm. Sie traute sich kaum, den schönen teuren Stoff seines neuen Umhangs zu berühren. »Wir sollten dem Strandvogt erzählen, was wir gehört haben«, schlug sie vor.

Jetzt lachte Broder. »Was soll das für einen Sinn haben? Wir wissen doch gar nichts Genaues.«

Gerhard verschränkte die Arme über der Brust. »Ich gehe nicht wieder in die Stube«, sagte er.

»Dann lass uns noch mal mit dem Steuermann sprechen. Vielleicht kann er uns noch irgendetwas sagen, was uns weiterhilft.« Jaike versuchte, so zuversichtlich wie möglich zu wirken.

So machten sie sich also auf den Weg in den Hafen. Doch als sie an Bord des Ewers kletterten, waren die beiden Seeleute nicht zu sehen. Sie hockten bei Pidder und Ouwe am Strand und ließen sich von dem Schiffskoch über Rasmus Rohlfs erzählen. Wie viele Menschen in Friesland fürchteten und verehrten sie die Piraten gleichermaßen. Waren das nicht mutige Männer? Sie gaben sich nicht mit dem armseligen Leben eines Fischers zufrieden, sondern holten sich ihren Teil von den reichen Kaufleuten. Auch Pidder konnte gar nicht genug Piratengeschichten hören.

Jaike und Broder wollten gleich zu den vieren hinüberlaufen, aber Gerhard zögerte.

»Wartet!«, sagte er und kniete mit seinen feinen langen Strümpfen auf den Decksplanken des Ewers nieder. »Ich habe hier etwas glitzern sehen.«

Neugierig verfolgten die beiden anderen, wie Gerhard vorsichtig eine Perle aufhob, die neben einem aufgerollten Tau lag. Auf seiner flach ausgestreckten Hand hielt er sie Jaike und Broder entgegen.

»Das ist meine«, sagte er und sah Broder mit großen Augen an. »Die hat mir meine Mutter geschenkt. Ich trage sie immer an einer Kette.« Er fasste sich an den Hals.

Plötzlich wurde er blass und biss sich auf die Unterlippe. »Nein«, sagte er leise. »Das stimmt nicht. Ich habe sie meinem Vater mitgegeben, als wir uns trennen mussten. Bevor er in das Ruderboot gestiegen ist. Die Perle sollte ihm Glück bringen.«

Die Kinder sahen sich an.

»Das ist der Beweis«, sagte Broder. »Dein Vater hat es an Land geschafft. Er muss deinen Onkel getroffen haben.«

Gerhard stieg die Zornesröte ins Gesicht. »Ja!«, stieß er hervor. »Die Burg meines Onkels ist von der Küste aus schnell zu erreichen. Wahrscheinlich ist mein Vater als Erstes bei ihm gewesen – aber weiter scheint er dann nicht gekommen zu sein! Gütiger Gott, mein Onkel hat seinen Halbbruder schon immer gehasst!«

Jaike starrte Gerhard an. »Jetzt wird mir einiges klar«, flüsterte sie. »Dein Onkel ist der Auftraggeber der Piraten …«

Erschrocken schaute der Grafensohn hoch. »Da! Sie kommen«, stammelte er. »Mein Onkel hat mich sicher schon vermisst.«

Auch Broder und Jaike sahen jetzt die drei Männer, die die Hafenmole entlanggingen.

»Umso besser«, meinte Broder. »Dann kann der Vogt ihn gleich verhaften. Er wird schon aus ihm rauspressen, was er mit deinem Vater gemacht hat.«

Jaike sprang von Bord auf den Steg. »Ich hole den Steuermann!«, rief sie. »Er soll erzählen, dass er die Seemänner lebend gesehen hat.«

Broder bestürmte den jungen Grafen. »He! Jetzt brauchst du nicht mit deinem Onkel zu fahren. Du kannst bei uns auf der Insel bleiben!«

»Ich bin kein Fischerssohn, Broder«, antwortete Gerhard. »Und ich möchte endlich zu meiner Mutter zurück.« Er seufzte. »Wenn Vater wirklich tot ist, dann warten viele Aufgaben auf mich. Ich bin doch sein Nachfolger.«

Über Broders Gesicht huschte ein Schatten. Natürlich, wie hatte er das vergessen können? Ein Graf und ein armer Torfstecher – die konnten nicht auf ewig Freunde sein.

Gerhard schien seine Gedanken erraten zu haben. »Ich werde euch nie im Leben vergessen, dich und

Jaike«, sagte er, »ganz egal, was auch geschieht.« Voller Wärme sah er Broder an.

Doch dann kniff er plötzlich die Lippen zusammen: Die drei Herren waren jetzt am Ewer angelangt. Ohne sich seine Worte vorher zu überlegen, schleuderte Gerhard den Vögten seinen Verdacht entgegen. »Mein Vater ist gar nicht ertrunken! Er muss es bis zu meinem Onkel geschafft haben!« Mit ausgestrecktem Finger zeigte er auf seinen Onkel. »Er hat meinen Vater auf dem Gewissen!«

Entsetzt starrten die Vögte zu dem aufgebrachten Grafensohn hinüber, der geradezu tollkühn von Bord des Ewers auf den Anleger sprang. Hatte der den Verstand verloren? Und wieso hielt dieser Broderbengel triumphierend eine große Perle in die Luft und schrie ununterbrochen: »Das ist der Beweis!«?

»Lügner! Haderlumpen!«, brüllte der Herr von Oldenburg mit hochrotem Kopf. »Hört nicht auf ihr Geschwätz!«

Jetzt kamen auch noch der Steuermann des Ewers und Jaike angerannt, gefolgt von Pidder und dem Matrosen. »Das Boot mit dem Herrn Grafen ist nicht untergegangen!«, rief Jaike und wedelte wie wild mit den Armen in der Luft herum. »Der hohe Herr ist schuld! Ihr müsst ihn verhaften!«

Weil auch noch Broder auf den Landesteg sprang und sich die beiden Vögte darum rissen, die Perle zu begutachten, entstand ein Tumult auf dem Anleger. Gerhards Onkel nutzte die Gelegenheit, sich hinter dem Rücken des dicken Strandvogts auf den Ewer zu schleichen. Er war gerade dabei, die Leine zu lösen, mit der das Schiff festgemacht war, da sprang der Steuermann hinzu und hielt ihn fest.

Angesichts seiner versuchten Flucht nützte dem Herrn von Oldenburg all sein Leugnen nichts mehr. Als Gerhard, Jaike und Broder endlich so ruhig wie möglich schilderten, was sie herausgefunden hatten, zeigte der Landvogt Entschlossenheit.

»Die Sache wird immer deutlicher«, sagte er mit grimmiger Miene. »Herr von Oldenburg, Ihr steht unter Verdacht, Piraten zum Mord an dem Grafen und dessen Sohn angestiftet zu haben, um selber Herzog von Holstein zu werden. Und weil Rasmus Rohlfs die beiden am Leben ließ, habt Ihr höchstpersönlich den Grafen verschwinden lassen. Ihr werdet in Tondern vor Gericht gestellt!«

So sehr Gerhards Onkel auch protestierte, noch an selbem Nachmittag wurden zwei Schiffe klargemacht, um in See zu stechen: eines, auf dem der

Vogt mit seinem Gefangenen nach Tondern segelte, und der Ewer, der den Grafensohn die Elbe hoch Richtung Heimat bringen sollte.

Jaike und ihre Mutter, Broder, Ouwe, Pidder und auch der Strandvogt standen am Hafen, um den jungen Grafen zu verabschieden.

Gerhard umarmte seine beiden neuen Freunde. »Ich weiß gar nicht, wie ich euch danken soll«, sagte er mit Tränen in den Augen. »Ohne euch wäre ich jetzt tot! Mein Leben lang stehe ich in eurer Schuld!« Dann sprang er schnell an Bord, von wo aus er eine höfliche Verbeugung in die Runde machte. »Lebt wohl, alle miteinander!«

»Lebt wohl, lebt wohl!« Lange noch winkten die Leute aus Rantum dem davonziehenden Ewer hinterher. »Ob wir ihn wohl jemals wiedersehen werden?«, fragte Jaike, als das Schiff in der Ferne verschwunden war.

Broder schüttelte traurig den Kopf. »Nein«, sagte er. »Das glaube ich nicht. Er wird doch jetzt bald der Graf von Holstein sein. Da hat er was anderes zu tun, als an uns Rantumer Stranddiebe zu denken.«

Doch Broder irrte sich. Es dauerte kaum mehr als zwei Wochen, da tauchte der Ewer wieder am Horizont auf. Zwar war Gerhard nicht selbst an Bord, aber er hatte den Steuermann geschickt. Und mit ihm eine große Kiste für Jaike und Broder – fast so groß wie die Schatzkiste von Tades Eiland. Zuoberst, gebettet auf einem Ballen Seide, lag ein Brief von Gerhard. Und als der Strandvogt den Kindern das Schreiben vorlas, denn lesen konnten sie ja leider nicht selber, da war die Freude groß: Der alte Graf war am Leben! Man hatte ihn aus dem Burgverlies des Herrn von Oldenburg geholt! Und mit dieser Kiste sprach er den Kindern seinen allergrößten Dank aus.

Und was war denn nun in der Kiste? Einen wunderbaren Spiegel hob Jaike heraus. Gar nicht sattsehen konnte sie sich an ihrem eigenen glückstrahlenden Gesicht! Und ein Dolch, der in der Herbstsonne blitzte! Und auch ein Säckchen mit Talern. So schwer war es, dass Broder Mühe hatte, es in der Luft zu schwenken.

Was für ein Reichtum! Jaike und Broder tanzten wie die Kobolde um ihre Kiste herum. Sie hatten einen Schatz, einen wahren Schatz, den ihnen niemand mehr wegnehmen konnte. Denn diesen Schatz, den brauchten sie nicht an den Strandvogt abzugeben.

dtv junior
Tigerauge
Geschichten
für schlaue Köpfe
www.dtv-tigerauge.de
• Tauch ab in die Geschichten
• Lern Autoren & Illustratoren kennen
• Hör rein in die Hörbücher
• Mach mit bei tollen Veranstaltungen
• Versende Deine E-Card
• Gestalte Deine Visitenkarte
• ... und noch vieles mehr!
Klick Dich rein!